弁当屋さんのおもてなし

ほっこり肉じゃがと母の味

喜多みどり

目次

人物紹介

●小鹿千春《こじかちはる》
コールセンターに勤務するOL。
『くま弁』のお弁当が大好き。

●大上祐輔《おおかみゆうすけ》
弁当屋『くま弁』で働く店員。
ミステリアスな雰囲気の好青年。

●黒川茜《くろかわあかね》
『くま弁』常連客である黒川の愛娘。
実は人気アイドルの白鳥あまね。

●守田《もりた》
毎週金曜日に来店する『くま弁』の常連。

●南波美馬《なんばみま》
弟の一馬と一緒に北海道を旅行中。
法律事務所で働く。

●南波一馬《なんばかずま》
大学生。姉の美馬を尊敬している。

●小鹿亜紀子《こじかあきこ》
千春の母。明朗快活で人あたりのいい性格。

イラスト／イナコ

・第一話・ 弁当屋さんの夏休みとトウキビスープ

豊水《ほうすい》すすきの駅から徒歩五分。

住宅街と歓楽街の狭間《はざま》のようなその場所に、『くま弁』はある。

赤い庇《ひさし》テントとそこに描かれた熊のイラストが目印の、小さな弁当屋だ。ワンコイン五百円の良心的な価格で、作りたての弁当を売っている。

急な転勤やらプライベートのごたごたやらでくたびれ果てていた小鹿《こじか》千春《ちはる》は、自動ドアから漏れる明かりに誘われるようにくま弁に入り、店員の『ユウさん』と出会った。彼に何が食べたいかと問われて、千春はかにと答えてしまったが、かになんて、勿論《もちろん》ワンコイン弁当屋にあるわけがない。

出てきたのは鮭かま弁当だった。

だが、千春はそれを夢中でがっついて、以来ユウの作る弁当の虜《とりこ》になった。

そうして通い詰め、よく話すようになり、いつの間にか、彼に惹《ひ》かれるようになって――めでたく恋人としてお付き合いすることになった。

それが先月、千春にとっては札幌《さっぽろ》で迎える二度目の六月のことだった。

普通、札幌の夏は関東より過ごしやすいと言われる。朝晩は気温が下がり、日差しがきつい日も木陰に入れば涼を取ることができる。

ただ、時にはそうではない日が続く夏もある。

今年もそうだった。

❄

空の青が目に染みる。

日差しを避けて木陰に入った千春のところにも、管弦楽の音色が届く。

札幌市郊外にある「芸術の森」は緑に親しみながら芸術作品とふれあえる場所として知られ、北海道ゆかりの作家の作品を収集している芸術の森美術館の他、森の中で作品と触れ合える野外美術館もある。

そして七月のこの日、芸術の森には音楽が溢《あふ》れていた。

若手音楽家の演奏を市内各所で聞くことができるパシフィック・ミュージック・フェスティバル、通称PMFの会場の一つなのだ。

市内のコンサートホールなどで無料や低料金のクラシックコンサートが開かれている中、この郊外の美術館でも、広々とした敷地を活用して開放的な野外コンサートが開催されている。

ピクニックコンサートと名付けられたこのイベントでは、市民が芝生に敷物を敷いて、ビールや冷たい飲み物片手にクラシック音楽に耳を傾けていたりする。

子どもから大人まで楽しめる、のんびりとした雰囲気のコンサートだ。

ただ、まあ、屋外なので暑い。

今年の夏は六月の末から気温が高く蒸し暑い日が続いており、七月に入ってさらに気温が上がり、今日も最高気温は三十度を超える予報だ。

それでも朝晩などはぐっと気温が下がって、二十度を割り込んだりする。エアコンが効いた室内よりさらに寒いので、千春は気温の乱高下に振り回されて、ここ最近は疲れが溜《た》まっていた。

日差しを遮るビルなどもない広い芝生広場にいた千春は、強烈な七月の日差しをもろに受けて、じりじりと太陽に焼かれているようだった。

「はあ……」

木陰で冷えたペットボトルから麦茶を飲んで、やっと人心地がついた。

時刻は十四時半。

千春は午後から地下鉄とバスを乗り継ぎ、一人でふらりと芸術の森を訪れた。

会社の同僚からピクニックコンサートに誘われたものの、相手がひどい夏風邪を引いて来られなくなってしまったのだ。

野外コンサートというから音響は期待できないのかと思ったが、最近新しくできた野外ステージはその辺りもしっかり設計されていて、思っていたよりずっと迫力のある音が空気を震わせた。

リラックスした雰囲気の中でそういう音に包み込まれていると、なんだか楽しい気分になってきて、誘ってくれた同僚に感謝した。まあ、本人は来られなかったが。

とはいえやはり日差しを遮るものがないのはきつく、準備不足を痛感した千春は日焼けを後悔する前にと、会場から出て木陰で涼んでいた。

これからどうしたものかなと考える。

せっかくここまで来たのだし――市内中心部から真駒内《まこまない》駅、駅からバスに乗って芸術の森へ、という経路は結構時間がかかる――美術館とか、野外美術館とか、ワークショップができる施設とか、ちょっと覗《のぞ》いてみたい。

地図が載ったリーフレットを片手に歩き出した時、行く先に人だかりが出来ていることに気付いた。

どうやらテレビ局が取材に来ているようで、大きなカメラだのガンマイクだのが見え、さらにタレントらしい姿が人だかりの向こうにちらっと見えた。

その姿を見て、千春は思わず声を上げた。

「あ」

知人だったのだ。

小柄ながらもぴんと伸びた背筋、はつらつとした表情。長い黒髪は若々しく清潔感があって、いかにも正統派の美少女だ。ノースリーブのワンピースからほっそりとした二の腕が覗く。透明感のある肌が陽光の下で輝いている。

彼女はカメラの前で何か喋《しゃべ》っていて、ちょっと大げさなくらいわかりやすいジェスチャーで振り返った。

その腕が背後の野外ステージを指し示しているから、ピクニックコンサートの紹介をしているのだろう。

振り返った彼女の目が一瞬千春を捉《とら》えた、ようにも見えたが、勿論《もちろん》彼女の方はまったく千春を気に留めた様子も見せず、共演者との掛け合いに戻る。

綺麗《きれい》になったと思う。

会ったのは去年の春のことだが、その間に彼女は確か受験生になっているはずだ。以前会った時も美人だと思ったが、さらに洗練されてきた。

(茜《あかね》ちゃん、帰ってきてたんだあ)

元々は北海道のローカルタレントだったが、今では全国区の知名度を誇るアイドルの白鳥《しらとり》あまね。

最近は女優業でも忙しそうな彼女の本名は黒川《くろかわ》茜という。千春同様くま弁の常連である黒川の一人娘で、千春も顔見知りだ。

いや、と千春は最前の自分の呟《つぶや》きを否定する。

ロケとか仕事とかで札幌に来ていることを、帰ってきた、と表現するのは何か違う気もする。父親である黒川の話ではすごく忙しいらしいので、ついでに家に立ち寄る暇があるのかも怪しい。

まだ中学生、学業と両立させつつハードなスケジュールをこなすのは並大抵のことではないだろう。

千春は、大丈夫かな、と身内のような気持ちでしばらくあまねのようすを見守っていた。

「あんたユウ君と付き合ってるってほんと？」

つい一時間前までカメラの前で笑顔を振りまいていた白鳥あまねが、千春に向かっていきなりそう言った。

ざっと美術館の展示を見た千春は、館内のカフェでアイスに舌鼓を打っていた。

窓の外には美しい緑、館内はほどよく冷房が効いて、アイスも美味《おい》しい。

さすが北海道は乳製品が美味しいなあと機嫌良く食べていたら、目の前の椅子がひかれて断りもなしにあまねが――いや、もう素が出ているので本名の茜で呼ぼう――茜が座って、その可愛らしい顔に難しい表情を浮かべて千春にそう詰め寄ったのだ。

「ええ……？」

弁当屋くま弁で最近は店長を任されている『ユウ君』は、千春が先月付き合い始めたばかりの恋人だ。

だから勿論《もちろん》付き合っている。

その通りなのだが、あまりな状況に思わず千春はそういう声を漏らした。

「パパから聞いてるんだからね。ごまかしてもムダよ」

「ごまかしたわけじゃないけど……あの、撮影中、だったんじゃないの？」

「トイレ休憩で抜けてきたの。時間ないからさっさと答えてよ」

茜は伊達《だて》眼鏡のレンズ越しに千春を睨《にら》みつける。つばの広い麦わら帽子のおかげで顔は隠れて他の席からは見えない。ちなみにむき出しの腕にはロングスリーブの手袋がはめられて、日焼け対策がなされている。

「つ、付き合ってます」

「……ふーん」

険のある目で睨まれて、千春は小さく身を竦《すく》める。

以前会った時、茜は、結構ユウのことを気に入っている様子だった。

認めるしかない状況ではあったが、もう少し彼女への気遣いが必要だったかもしれない。

「その……」

だが、今度は茜の方が言いよどんでいる。

「？　なに？」

「……じゃあ、今日もユウ君とデート？」

ちょっと恥ずかしそうに、目線を逸《そ》らしながら尋ねてくる。そんな仕草も可愛らしくて、千春は思わず見入ってしまう。返答が遅れて茜に訝《いぶか》しげな顔をされ、慌てて答えた。

「あ、いや、今日は一人。それに、デートはあんまりしてないから……」

「はあ？」

また、茜が詰め寄ってくる。

「いや、だって、ユウさんケータリングとかで忙しいんだよ。この間もテレビ局のロケ弁の仕事も入って、お休み潰《つぶ》れちゃって。デートの計画もあったけど……いつもの店が食中毒出したからって、ピンチヒッターだったの。そういう事情聞いたら、ユウさんって弱いから」

茜がぴくりと眉《まゆ》を動かした。

「だからって休みがないわけじゃないでしょ？」

「いやあ、実は私も最近ちょっと体調崩してて……あ、もう随分よくなったんだけど」

「体調管理もできていないの？」

「うっ……」

ものすごく忙しいアイドルにそんなことを言われると、千春も反論が難しい。

「その、最近暑かったんだよ、湿度も高くて。かと思えば夜は寒いし……」

「はあ？　暑いって何、それ夏バテなの？　札幌で？　東京出身者が？」

「お、温度差が激しくて」

「昼夜の？　一年目じゃないんだから、あんただって一枚上に着るの持ち歩くとかなんとかしなさいよ」

「してるけど、それでも今年の夏はすごいんだよ。職場の札幌出身の同僚も、今年は大変だって言ってるし、やっぱり異常気象なんだよ」

茜は言い訳する千春を睨みつける。千春は言葉に詰まり、素直に認めた。

「……体調管理気をつけます……」

上司よりよほど厳しい。

茜は眉間《みけん》に皺《しわ》を作ったままだ。難しい顔で、呟く。

「デートしてなくて、じゃあ、お店で会うの？」

「会うっていうか……顔は合わせるけど、他にお客さんいるとそんなに話せないかな」

「連絡取ってる？」

「時々……三日に一度くらいとか」

スマートフォンのメッセージアプリとか、電話とか、連絡手段はあるのだが、生活時間が合わなくて迷惑になりそうなので控え気味だ。何しろくま弁は十七時から二十五時という営業時間だ。ユウは当然夜遅くまで仕事で、彼が朝起きる頃には今度は千春が仕事だ。仕事中かな、寝ているかな、と思うと、連絡するのも憚《はばか》られる。それはたぶん向こうも同じだ。

茜の眉間の皺はますます深くなった。

　そして、深刻そうな顔で慎重に言った。

「それ、本当に付き合ってるの？」

「えっ」

　不意に、ピピ、と電子音が響き、茜はポケットから取り出したスマートフォンのタイマーを止めた。

「もう行かないと。身体気をつけなさいよ」

「あ、うん、茜ちゃんも気をつけてね。話せてよかった」

　忙しそうに茜がカフェを飛び出す。すれ違った客が、あ、という顔で茜を見送る。

　茜がスタッフと合流したところが、カフェの窓から見えた。そのときにはもうカメラの前のような明るい笑顔だ。千春に向けたような険のある顔は、きっと彼らの前では見せないのだろう。

　アイドルって大変だなと思いつつ、千春は彼女を見送り、そして残された言葉を胸の中で繰り返す。

（本当に付き合ってるの、か……）

　いや、本当に付き合っている、はずだ。

　はずなのだが……。

千春は残されたアイスに向き直り、ちょっと溶けすぎたそれを黙々と平らげた。

❄

普段、休日はできるだけ自炊を心がけている。

が、その日の夕食はくま弁で買うことにした。茜に言われたからというわけではないが、一日の終わりにユウの顔を見たくなったのだ。

「うーん」

二十一時、千春は自宅から店までの道を辿《たど》りながら、唸《うな》っていた。

くま弁のメニューを頭に浮かべて考える。

カレー、カツ、サワラの塩焼き、海苔《のり》弁当……海苔弁くらいのボリュームがいい気がするが、出来ればもう少し喉《のど》の通りがよい方がいい。冬なら豚汁などもあるのだが。

太陽は沈みすでに気温はぐっと下がっているから、冷たければよいというわけでもない。日替わり弁当という選択肢もあるし、最近売り出し中のミニサイズ弁当もいいかもしれない。

考えながら歩くうち、くま弁の店の明かりが見えてきた。

ライティングされた赤い庇《ひさし》テントには、少々不恰好《ぶかっこう》な熊のイラストが描かれ、壁には緑の蔦《つた》が這《は》う。

店に通うようになって二度目の夏が来ていた。

店の壁面を覆う蔦が去年より少し増えたかなと感じる。

いつの間にか熊野《くまの》はユウに店長を任せていて、ユウとバイトの桂《かつら》の二人でほぼ店を回しているらしい。

それでも千春が行くと熊野が奥の休憩室から顔を出してくれることもあり、ちょっとした会話をする。ユウとのことを冷やかされたこともあるが、思い返してみると、からかうというよりは、茜が千春たちを心配したような感じで気遣われているように思う。

（……そんなに変なのかな……）

千春もデートくらいしたいし、付き合う前はなかなか二度目のデートができないことを気にしていたが、こうして気持ちが通じ合って付き合ってみると、特別にデートなんてしなくても、ユウと顔を合わせていれば楽しいし、デートをしていないと言ってもお互い体調不良とか忙しいとか理由があってのことなのだから、別に問題ではないように思う。

それを端から見ると違うと指摘されたのだ。少しは気にした方がいいのかな、でも自分たちがいいなら気にしなくても……と色々考えてしまう。

だがそういう悩みも、くま弁に近づくにつれて薄れて、いつの間にか消えてしまう。

くま弁に行くと、いつもほっとする。

寒い日に、暑い日に、疲れた日に自動ドアを開けて中に入った時、穏やかな心になれる。よく知っている店だからというだけではなくて、それはユウの人柄とか、お弁当を作る美味《おい》しそうな匂いとか、音とか、温度とか、いろんなものが一緒くたになって作られている雰囲気のおかげなのだと思う。

今日も期待を胸に千春は店の中に入る。

明るくて良い匂いのする店内に、女性のきつい声が響いていた。

「てんでなってないわ」

店にいたのはユウ、バイトの桂、それに千春に背中を向けた女性客が一人。

ユウは困ったような申し訳なさそうな顔で、桂は女性客を見つめて呆気《あっけ》にとられている。

女性の声に、千春も聞き覚えがあった。

「茜ちゃん？」

声をかけると、白鳥あまねこと黒川茜が勢いよく振り返った。

そして千春の姿を認めると、ふんと鼻を鳴らす。

昼間はワンピースだったが今はショートパンツにTシャツ、ロングガウンという恰好で、髪はまとめて麦わら帽子の中に押し込んでいる。

相変わらず可愛らしいが、やはり千春に向けるその目は厳しい。

「ちょっと待ってなさいよ、もう終わるから」

そう断って、またユウに向き直る。

「確かに美味しいけどそれだけだもの。美味しいだけならお店はいっぱいあるわ。人気店になったからって忙しさにかまけて手を抜いているんじゃない?」

すごい言いようだ。千春はぽかんと口を開けてしまう。何か反論したい気もするが、驚きのあまり何も出てこない。

「ご期待に添えず申し訳ありません」

ユウがあくまで丁寧にそう言った。

「当店のお弁当にどのようなものを求めておいでででしょう?」

「心を込めてちょうだい。心がこもったものじゃなきゃ、ここで買う意味がないじゃない」

心、とは抽象的だ。

千春は思わず口を出す。

「魚がいいとか肉がいいとか、この野菜は入れないでとか、もう少し具体的な方がいいと思うよ……？」

「あんたは黙ってて」

茜は千春を睨《にら》みつけて黙らせたが、思いついた様子でふっと笑った。

「そうね、いいわよ、具体的に言ってあげる。恋人に作るみたいに心を込めたお弁当を作ってよ」

「こっ……」

千春の声が上擦る。明らかに千春を意識しての発言だろう。

「明日《あした》の朝までに三人分ね！」

「う……承りました」

狼狽《ろうばい》した様子のユゥを見て、茜は満足そうだ。

「それじゃ、明日の朝九時半頃に取りに来るから」

そう言って店を出て行く。千春とすれ違う時、彼女はちらっと千春を見やり、千春も困惑気味の顔をしているのを確認し、そのおそろしく可愛らしい顔でふふんと笑った。

ユウは頭を下げて見送ると、考え込む様子だったが、はっと我に返って千春に顔を向けた。

「い、いらっしゃいませ」

「あ、こんばんは……」

ユウの顔がわずかに赤くて、千春の方までぎこちなくなってしまう。

それにしても恋人に作るみたいに、とは、いったいどんな弁当を期待してのことなのだろう。

困惑気味に目を合わせる二人の横で、ぼうっとした様子の桂が呟《つぶや》いた。

「本物のあまねちゃん、めちゃくちゃ可愛いですね……」

テレビに出ているのも雑誌に載っているのも本物だと思うのだが、桂の言いたいことはわかったので、千春は特に何も言わなかった。

❄

なんでも、この間のロケ弁の注文は茜の紹介だったらしい。

ロケ弁の仕事が緊急で入ったのは先々週のことだった。そのときも茜は仕事でこちらに来ていて、いつもの業者が食中毒を出して使えなかったので、急遽《きゅうきょ》彼女の紹介でくま弁に白羽の矢が立ったらしい。

「それで茜ちゃん文句言いに来たんだよ。なんか気にくわなかったみたいでさ」

オーナーの熊野が、頬杖《ほおづえ》を突いてそう言った。

店のバックヤードに当たる厨房《ちゅうぼう》奥の和室だ。

八畳ほどのその畳の部屋で、熊野と千春はちゃぶ台を囲んでいた。

電話予約システムの導入を検討している熊野に頼まれて、千春の会社で扱っているシステムの説明をしていたのだ。中小企業向けの在庫管理システムとか会計ソフトなんかの開発をしている会社で、千春の仕事はカスタマーサポートだから、マニュアルもほぼ頭に入っている。

とはいえ個人的な知り合いに自社製品を紹介するのはちょっと変な感じがする。

店は定休日で、シフトで働く千春も今日は休みを取っていた。

一応店の定休日に会わせた形だが、ユウは今日も朝から茜の弁当を作っているし、千春もデートを期待してのことではない。たぶん、午後は午後で明日の準備だのなんだのがあるはずだ。

資料を見せながら説明しているうち、なんとなく昨日の茜の話になっていた。

「評判よくなかったんでしょうか？」

「さあ？　そんな話は聞いてないけど、茜ちゃんなりに何か引っかかったんじゃないかい？　でもほら、あの子……なんていうかな」

「素直に話してくれる感じじゃないですよね」

「そう、そういうこと」

「……昨日、お店に来て注文してましたけど、そろそろ取りに来る時間ですよね？」

ユウは今は店の厨房で弁当の仕上げにかかっている。忙しそうだったので、今日は店に来た時にちょっと挨拶《あいさつ》しただけだ。

「気になるかい？『恋人に作るみたいな弁当』っての」

「そ……そうですね」

「ユウ君からは何も聞いてないの？　ほら、いつも色々弁当の話もするんだろ、試食とか……」

「えっ、こ、今回は何も……」

一応付き合っている千春がユウに『恋人に作るみたいに心を込めたお弁当ってどんなのですか』とはちょっと訊《き》きにくい。興味よりも気恥ずかしさが先に立ってしまう。

ユウの方でもやはり恥ずかしいのか、昨夜も特に話題にのぼることはなく、当たり障りのない話をしただけだ。

思わず黙り込み、沈黙が降りた瞬間、玄関の呼び鈴が鳴った。

開店前だから、茜は脇の自宅用の呼び鈴を鳴らしたのだろう。

千春は腰を浮かしかけ、説明が途中だったことを思い出してまた座り直した。熊野がそれを見てにやりと笑う。

「行きなよ。こっちは一通り聞いたし、質問あったらまた連絡するからさ」

「す、すみません」

「いいよ、俺も茜ちゃんに会っておきたいし」

そう言って熊野は膝《ひざ》を立てて立ち上がった。

果たして今日も茜はサングラスに麦わら帽子で顔を隠し、膝上丈《ひざうえ》のフレアスカートにジャケットという恰好《かっこう》で店に来ていた。

顔を隠しているのに、芸能人っぽい雰囲気を醸し出すようになったと思う。

彼女はユウが弁当箱の中身を見せようとするのを止めて、頷《うなず》いた。

「一つと二つに分けて包んで」

「中身のご確認はなさいませんか？」

「必要ないわ」

ユウはいつもの白い発泡スチロールの弁当箱に小さな蓋《ふた》付きカップを添えてレジ袋に入れた。それを言われた通り二つ入りのものと一つ入りのものにし、会計して茜に渡す。

「お待たせいたしました」

「……ありがと」

礼を言い受け取った茜に、ユウは頬笑んで声をかけた。

「元気でいてくださいね」

茜はしかめっ面をする。

「当たり前でしょ」

つっけんどんにそう言うなり、二つ入りの方の袋を千春に押しつけた。

「？」

「はい、受け取りなさいよ」

「え？」

言われるまま受け取って、それでも意味がわからず茜と弁当を交互に見る。

「熊野さんと話はついているから」

「えっ」

なんのことかわからない。熊野は何故かにやにや笑っている。

茜は千春の顔に指を突きつけ命令した。

「あんたたちはこれからお弁当を持ってデートに行くのよ」

「え…………？」

千春はおそるおそるユウを見上げると、ユウも唖《あ》然《ぜん》とした顔をしていた。

熊野だけが笑いながら言った。

「店は定休日だ。で、小鹿さんも休み。ならちょうどいいだろ」

「じゃ、私パパ待たせてるから」

茜はそう言ってさっさと店を出て行く。

「あの、ありがとう！　元気でね……」

千春は自動ドアが閉まりきる前にかろうじてそう声をかけた。閉ざされたドアの向こうで、振り返った茜がサングラスをちょっと下げて、千春を見やってしかめっ面で舌を出した。

そして、七月のよく晴れたその日は、千春とユウの夏休みとなった。

北海道の学校の夏休みは、本州の学校より少し短く、その分冬休みが長い。夏休みの始まりはだいたい同じくらいだが、北海道では少し早めに夏休みが終わるのだ。

七月も末のその日は、北海道の学校も夏休みに入っていて、札幌から小樽《おたる》方面に向かう高速道路にも行楽地へ向かうとおぼしき車が目についた。混雑しつつも渋滞で動けなくなるほどでもなく、ユウが運転するレンタカーは小樽方面へ進む。

結局熊野に追い出されるようにユウと千春は店を出て、そのまま近くのレンタカーの営業所でこの車を借りた。さすがにハイシーズンだったこともあり他の車は出払っていて、この青いスポーツセダンが一台だけ残っていたのだ。手続きをして車に乗り込み、ユウの運転でドライブが始まった。

最初に、どこか行きたい場所ありますか、と訊かれた千春は、答えに困って、特には、と素っ気ない返事をしてしまった。いや、勿論《もちろん》デートは嬉《うれ》しいのだが、まだ急な展開についていけていなかったのだ。

ユウは気を悪くしたふうもなく、じゃあ、僕のオススメで、と答えて最寄りのインターチェンジから高速に乗った。

そして、今に至る。

道中で何を話したのか、千春はあまり覚えていない。妙に緊張してしまって、言葉が上滑りしてしまう。

考えてみれば、きちんとお付き合いするようになって初めてのデートだ。

そうか今自分たちはお付き合いしているのか、付き合っているとどういう会話をするんだっけ……と変に考え込んでしまって、何もかもがぎこちなくなる。店で話していた時とか、黒川をまじえて飲みに行った時とかには普通にできたことができなくなる。意識すると呼吸ができなくなるような感じで。

「おっ……小樽って色々ありますよね、ガラス細工とかオルゴールとか運河とか水族館とか……それにお寿司とか」

「そうですね、熊野は以前小樽で働いていたことがあって……」

そこでユウはハッとした顔になり、少し声のトーンを落とした。

「もしかして、小樽の方がいいでしょうか？」

「!? 小樽じゃないんですか？」

「すみません……」

「いえ、謝られるようなことじゃないです」

「小樽より先のほうです」

「余市《よいち》……とか？」

余市はあのニッカウヰスキーの工場がある町だ。試飲もできてなかなか楽しい。千春も以前行ったことがある。

「いえ、もっと先です」

余市の先というと、積丹《しやこたん》半島だろうか。風光明媚《めいび》な海岸線が続くらしいが、千春は行ったことがない。

北海道に暮らし始めて一年半以上経つが、まだまだ行ったことのない地域は多い。

ユウは運転のため前を見つめたまま言った。

「神威岬《かむいみさき》です」

「かむいみさき？」

カムイというのはアイヌ語で神という意味だというのは聞いたことがある。

北海道らしい地名だな、と思って、なんとなく神秘的な雰囲気を想像した。

神威岬は北海道の左肩辺りを構成する積丹半島の突端にあって、海に鋭く突き出している。

岬の先端まで行ける遊歩道があるが、片道二、三十分かかる歩きにくい道で、風の強い日などには立ち入り禁止になる。

駐車場に車を停めたユウと千春は、「チャレンカの小道」というその遊歩道をゆっくり歩いた。

遊歩道がある切り立った崖《がけ》には左右から波が押し寄せ、その低く響く、ざざざんという音が、身体を揺さぶってくる。

空の青と海の青と緑の岬。あとはそこを行き来する観光客がいるだけの場所だった。

手前の女人禁制の門から岬の方を眺めて帰る人も多い。何しろ往復一時間近くもかかる小道だ。千春もたまたまスニーカーだったからよかったものの、これがヒールの高い靴なんかだったら途中で音を上げていたかもしれない。

「大丈夫ですか？」

「はい……」

遊歩道は断崖《だんがい》の上にある。慎重に階段を上っていた千春は足下ばかり見ていた。

前を歩いていたユウに手を差し出されてようやく顔を上げ、ほうと息を吐く。

階段をのぼりきったところは高くて視界が開けていた。岬の先端にも近い。左右だけではなく前からも波が押し寄せる。どぉん、ざざん、どぉん……三方から押し寄せる波が岩に当たって砕け散る。複雑にぶつかり合った音が身体の奥まで響く。

大自然の音楽だった。

胸が震え、ため息のような声にならない声が押し出される。

「はぁ……」

言葉も忘れて、波が白い泡を立てて砕け散るさまを感じていた。

ふと気付くとユウも隣で同じようにしていて、目が合って、指先同士が触れるのに気付いた。

どちらからともなく手を握り、揃って波の音を聞いていた。

「すごかったです」

来た道を戻り、女人禁制の門にたどり着いた時には、名残惜しさから何度も小道の先を振り返った。

駐車場近くまで戻ってきた千春は、ユウに感動を伝えようと思ったが言葉にならず、ただすごかったとしか言えない。

ユウはうんうんと頷《うなず》いて、満面の笑みを見せてくれる。

「そうですよね、すごいですよね！　僕も是非千春さんと一緒に来たかったんです。胸が震えるというか……初めてここに来た時、それはもう感動してしまって」

感動した、と語る彼の目は輝いていて、確かに自分も同じだったと伝えたくて、千春はその目を見返して大きく頷いた。

「はい！」

恋人ってなんだっけとか、何を話したらいいんだろうとか、そういう落ち着かない気持ちがいつの間にか消えている。同じ景色を見て、音を聞いて、感動しているうちに吹き飛んでいった。

「ふふ」

千春が思わず微笑みを漏らす。

「どうかしました？」

「いえ、変なこと考えてて、自分で馬鹿だなあって笑っちゃったんです。あの、お付き合いしてるって意識したら、変な感じになっちゃって。でも、そういうの、どうでもよくなっちゃいました。これまでと変わらないですよね」

「いや、それは……付き合ってるので、変わらないのは困るんですが」

千春は赤面して訂正しようと四苦八苦する。

「あ！　いや、そうなんですけど。えーと、気さくに話せるというか……」

「わかってますよ、冗談です」

ユウが笑い出してそう言った。

一時間も歩いて、疲労はあったが、むしろ脱力感が心地よい。

道案内の看板を見た千春は、歩いた距離を見て呟《つぶや》いた。

「結構歩きましたね」

「そうですね。疲れていませんか？　アップダウンもありましたし……」

「大丈夫です、でも……」

心配そうなユウに、千春は照れ笑いを浮かべて言った。

「あの、おなか空《す》きました……」

ユウが、また嬉《うれ》しそうに破顔した。

「それも狙いです」

なるほど、ユウの弁当はもとより美味《おい》しいが、運動して空腹を覚えた状態で食べると、より美味しそうだ。

子ども時代の遠足のお弁当を思い、千春は空腹をより強く感じた。

「期待しちゃいますからね」

そう言われて、ユウは満足そうだった。

幸い駐車場のそばには広い草地があって、休憩のための木の椅子とテーブルもあった。ユウはそのテーブルにくま弁のいつも通りの発泡スチロールの弁当箱を置く。

そして、その隣にちょこんとカップが添えられた。蓋《ふた》がついていて、普段豚汁なんかを入れてくれる容器だ。

「じゃあ、いただきます」

早速手を合わせた千春はまずはお弁当箱の方の蓋を開ける。

まず目に入ったのはつやつや輝く生姜《しょうが》焼きとカレイのみぞれ和《あ》え、いつも通り美味しそうな玉子焼き。それにピーマンとなすの揚げ浸し、ひじきの煮物。生姜焼きには今が旬の真っ赤なトマトと千切りキャベツが添えられている。俵形に整えられたごはんにはごま塩が振られ、ちょこんと置かれた柴漬《しばづ》けの紫が綺麗《きれい》だ。

おかずの種類は多めだが、いつものくま弁のお弁当、といった感じだ。

何か驚くようなものが出てくるかと期待していた千春は、ちょっと拍子抜けする。

勿論《もちろん》、くま弁のいつものお弁当が大好きだから、それで十分嬉しいのだが、茜のリクエストにどう応《こた》えたのか気になっていたのだ。

「『恋人に作るみたいに』と言われて、僕も悩んだんですが」

ユウはそう言い、照れくさそうに微笑んだ。

「普段から丁寧に作っているつもりなので、これ以上いったい何ができるんだろうかと。でもそう言われてみれば、ロケ弁ということでどんな方が食べるのか顔も見ずに作って、相手の状況を想像することもなかったなと気付いたんです。茜ちゃんから言われて、まだ何か工夫できることがあるんじゃないかなと」

「ということは、こっちがその……」

千春は残るカップを見やってそう尋ねる。ユウは頷いた。

「そうですね、こちらがその『恋人への気遣い』の部分です」

ユウがプラ蓋を外して差し出してくれた。

カップの中身は、冷製コーンスープだ。クーラーボックスに入れられていたから、冷えている。

「あ、いいですね、夏らしい」

千春は顔をほころばせ、カップに手を伸ばす。

そっと口をつけると、ひんやりとしたスープがまず唇に触れ、それからトウモロコシの甘さが口の中にぱっと鮮やかに広がる。本当に、びっくりするほど甘い。

「!? お砂糖入ってませんよね……?」

「トウモロコシは時間が経つにつれて甘さが抜けてしまうので、今朝採れたものを使っています」

トウモロコシの味の濃さにもかかわらずさっぱりして飲み口が軽いのは豆乳の風味のせいだろうか。牛乳と生クリームで作っても美味しいだろうが、お弁当にはこのくらいの軽さが合っている気もする。

「美味しい」

歩いて汗をかいたせいもあり、これだけごくごく飲んでしまいたくなる。塩っ気が結構ちゃんと効いている。やはり夏だからだろうか。

「冬は豚汁ありますけど、夏はないですよね、汁物」

「そうですね。夏は夏らしいものを食べてほしいなと思ったんです。北海道の夏は短いのですが、僕は好きで。爽《さわ》やかで、良い季節だと思います」

「そうですねぇ」

暑いだの日差しがきついだの言っても、お盆を過ぎれば夏も終わりみたいなものだ。日が暮れるのが早くなり、あっという間に涼しくなって、虫の音色も変わってくる。

トウモロコシも北海道の夏の味覚だ。

「トウモロコシも好きなんですか？」

「ええ、というか、食べてほしいなと」

「私に？」

「勿論、これを本当に千春さんが食べてくれるとは思っていませんでしたけど、ああいうご依頼でしたし、僕の気持ちとしては千春さんのために作ったつもりだったんです。ほら、千春さん、最近僕のお弁当よく食べてくれてるでしょう？」

「え？　そりゃあ、まあ……」

ユウの顔を見たいというのもあって、本来自炊日としている休日もくま弁に行くことが増えている。

「一週間、二十一食食べるとして、そのうちの何食うちで食べてます？」

「えーっと……夜は週五くらいで行くし、うちのオフィスにも週一で桂君が来てくれるし、玉子焼き朝ご飯に食べたりもするから……まあ、三分の一はお世話になっていると思います……」

他に休日にご飯を作ってもらったりすることもあるから、たぶん実際はもう少し多い気もするが、千春はとりあえず控えめな数字をあげておいた。

「つまり、最近の千春さんの三分の一は僕のお弁当で出来ているんです。僕が千春さんの三分の一を作ってると思えば責任重大ですし、まあ、正直な話、わくわくします」

ふむふむと聞いていた千春は、わくわくという辺りでちょっと小首を傾げそうになった。わくわく……？　するものなのか？

「季節のものは美味しいですし、栄養も豊富です。僕が作った料理から千春さんが栄養を摂《と》ってくれているんですから、そういうところはこだわりたいじゃないですか」

わくわくというのはよくわからないが、千春のために気遣ってくれているのは十分伝わった。

「あの、照れますね、そこまで言われると……」

千春ははにかんで無意味に髪の毛をいじる。

食べてくれる相手の健康を気にするあたり、『お母さん』みたいだなとは千春はちらっと思った。

が、一瞬後に、ユウはそれが吹き飛ぶような爆弾を落とした。

「昔から言うでしょ、胃袋を摑《つか》めって」

「…………」

それは、『お母さん』の方ではなくて――

千春が赤面して見上げると、ユウはニコニコ笑っている。ただ、店で見せる笑みとは違って、なんだか、個人的なものを感じさせた。

「わくわくもしますよ。千春さんの三分の一を任されていると思えば」

「う、わわ……もうやめてくださいよ、恥ずかしいです……」

ユウに見つめられながらそんなことを言われると付き合っている今も動転してしまう。

照れた千春を見て、ユウは楽しそうに笑みを深くしただけだった。

「はあ、もう……」

千春はまた一口スープを飲んだ。

冷たく甘いスープが喉《のど》から食道を伝って身体に落ちていく。

千春が店に通うようになって一年半以上経つ。ユウが作ったものが千春の身体のいくらかを構成している。毎日のエネルギー源にもなっている。彼が作ったものでじわじわ染め上げられていくようだ。想像したら千春はまた恥ずかしくなって、顔を上げられなくなる。

それでも天気の良い日に下を向いてご飯を食べるのはもったいなくて、無理やり顔を上げた。

空は鮮やかな青色で、どこまでも明るく濃くて、それでいて吹き抜ける風は涼しい。

心地よい夏空だった。

ふと、同じ空の下にいるはずの茜のことが頭を過《よ》ぎった。

弁当を一つ持っていったから、今頃茜も食べているはずだ。

北海道が生まれ故郷である茜にとっては、このスープは、どんな味がするものだろうか。

❄

新千歳《しんちとせ》空港へ向かう車窓からは、畑が見えた。

茜は父が運転するSUVの助手席で窓にもたれかかって、移り変わる景色を眺めていた。民家、畑、市街地……空の青さを目に焼き付けるように見つめる。

特に空腹を感じていたわけではなかったが、空港までの時間を考えて、茜は車中で弁当を開けることにした。

生姜《しょうが》焼きに、カレイのみぞれ和《あ》え。野菜も多めで、味もボリュームも満足できそうだ。茜と父が大好きな玉子焼きもある。

くま弁の弁当は茜も大好きだった。

夕食は大抵祖父母宅で食べたが、父の休日には時々くま弁の弁当を食べることもあった。その頃はユウはまだいなくて熊野が店を切り盛りしていた。揚げたてのザンギとほかほかの白いご飯が美味《おい》しくて、つい食べ過ぎてしまったものだ。

中学に上がった頃からは体重管理がきつくてお弁当は避けていたので、こうして生姜焼きを目の前に出されるとむしろ懐かしさを覚える。

父は生姜焼きが好きだった。

「いいなあ、あとで一口くれる?」

運転席の父がそう声をかけてきた。

「いいよ」

素っ気なく答えて、さてどこから手をつけようかと悩んでしまう。

自分で頼んだものの、あんまり弁当を食べたいという気がしなかった。

北海道と東京を往復し、慣れないテレビにも出て、ライブや映画の撮影もあって、さらには高校にも進学したいから勉強もしたい。毎日は忙しく、寝る暇もない。身体は悲鳴を上げている。その上慣れない東京の暑さと湿度にやられて、茜は夏バテ中だった。

ユウに文句を言ったロケ弁も、実は食欲がなくて残してしまっていた。

(恋人に作るみたいに、か)

自分で言ったリクエストを思い出し、さらに気分は落ち込んでしまう。

恋人、というリクエストに従って、ユウは千春を思って作ったのだろう。

正直、ユウのことはちょっと恰好良《かっこうい》いなとは思っていた。

でも勿論《もちろん》どうこうなりたいと考えていたわけではない。かといってあの二人を応援しているのかというと、ちょっと違う。今回のことはむしろ茜の紹介したロケ弁の仕事のせいでデートが一回潰《つぶ》れたそうだから、その埋め合わせみたいなものだ。

なんだか、千春に取られてしまったみたいで寂しいとは思う。

会ったことは数えるほどしかないが、茜は『ユウ君』のことを父からずっと話には聞いていたから、一人で勝手に親しみを感じていた。

父の話す『ユウ君』はお人好《ひとよ》しのくせに時々斜に構えたところがあって、面白いなと思っていた。実際に会ってみたら皮肉っぽいところなんてなくて、優しくて、真面目で、でも確かにちょっと独特な雰囲気というか、何を考えているかわからないところがあって、やっぱり面白いなと思った。茜は仕事柄大人にはよく会うから、別に大人の男性に憧《あこが》れたというわけではない。

茜からすると『何を考えているのかわからないところ』でも、父にとっては違ったのだろう。ユウのそういうところを、父は斜に構えているとか皮肉っぽい考えをしているとか受け止めているのだ。

自分も彼と親しくなってみたいなあと思ったものだった。そうしたら、自分なりに彼のよくわからないところがわかるようになるのではないかと思ったのだ。

……考えているとなんだかむなしくなってくる。

だってこれじゃ、まるで失恋したみたいだ。

「……はあ」

思わずため息が漏れた。

父に聞かれていないかとちらっと様子を窺《うかが》ったが、何も言われなかった。聞こえなかったふりなのか、本当に聞こえていないのかはわからないが。

「いただきます」

小さく呟《つぶや》き、せめて喉の通りの良さそうなものを、と汁物が入っているらしいカップへ手を伸ばす。

中身はコーンスープだった。

とりあえず一口飲んでみる。

トウモロコシの甘さと香りがふわりと口の中に広がる。

口にした瞬間、懐かしい記憶がよみがえる。小学生の頃はゆでたトウモロコシにかじりついたものだ。大通《おおどおり》公園のトウキビワゴンではしょうゆだれの香ばしい焼きトウキビも売られていて、親にねだって買ってもらったことがある。あの頃は母もいた。

夏の思い出が次々に呼び起こされる。自宅マンションからは花火が見えた。海に行ったり、プールに行ったり。ダンスや歌の練習はずっとあったし、子ども劇団にも所属していたから忙しかったが、練習のあとのごはんは美味しかった。勿論トウモロコシも。

夏の思い出の味がした。

季節を感じる食べ物は色々あるが、茜にとって、トウモロコシはスイカと同じくらい夏を感じさせる食べ物だった。

「美味しい」

呟いて、ほうと息を吐く。

少し食欲が出てきて、箸《はし》を手に取り弁当の方に取りかかる。

大好きな玉子焼きは相変わらずふわふわの甘めの味付けでほっとする。生姜焼きは生姜が辛めに効いていて、甘辛さでごはんが進む。カレイのみぞれ和えは一度からりと揚げたカレイを大根おろしでさっと煮ていて、香ばしいのにさっぱりしている。

「大根おろしは消化を助けてくれるんだよ」

横から父が口を出す。茜は唇をとがらせて言い返した。

「前見て運転してよ」

「見てるよお」

からからと父は笑う。目尻《めじり》の皺《しわ》に気付いて、まだ若く見える父も年を取っているんだなと思う。

ピーマンやトマトといった夏野菜は味が濃く、いかにも元気になれそうだ。トウモロコシもきっと北海道のものだろうし、カレイも北海道産なのだろう。ユウも熊野も地産地消にこだわって、道産食材をよく使う。

でも、不思議と目の前の弁当は自分のためにあるような感じがして、茜は完熟した真っ赤なトマトを食べる。お弁当のトマトは大抵ぬるくなっていて好きではないが、これはトマトの味が濃くて美味しい。青臭くて、甘くて、酸っぱくて。みずみずしさが口の中で弾《はじ》ける。

だって、自分のためでなかったとしたら、どうして食べていてこんなに胸がいっぱいになるのだ。

トウモロコシも、トマトも、カレイも、東京にもある。

でも強く感じる。ここに故郷が詰まっていると。

これは、茜のための弁当だ。

（そっか）

茜はカレイの身を箸でほぐしながら考えた。

「ユウ君は、私を応援してくれているんだね」

考えが言葉になって口から出てきて、ついでに目から涙も零《こぼ》れそうになった。

「そうだよ。勿論、パパもね！」

父はそう言って笑う。

ユウの『よくわからないところ』が、ちょっとわかった気がした。

ユウは茜の気持ちをわかってくれている。たぶんそれはユウもどこかひねくれたところがあるからなのだろう。文句を言われて変なリクエストをされて、それでもこちらのことを思いやってお弁当を作るなんて、普通はしない。ユウは負けず嫌いで、ひねくれているから、ダメ出しをされるとリクエスト以上のものを作りたくなる。

これは恋人に作る以上のお弁当だ。

だって、リクエストを飛び越えて、茜に向けて作られている。

「いつもありがと、パパ」

「どういたしまして」

涙に気付いているのかいないのか、父はそう言って笑う。
茜はユウへのささやかな憧れをスープと一緒に飲み込んだ。
いつかそれも、腹の中で消化されていくことを願って。

•第二話• 夫婦の夢とミックス弁当

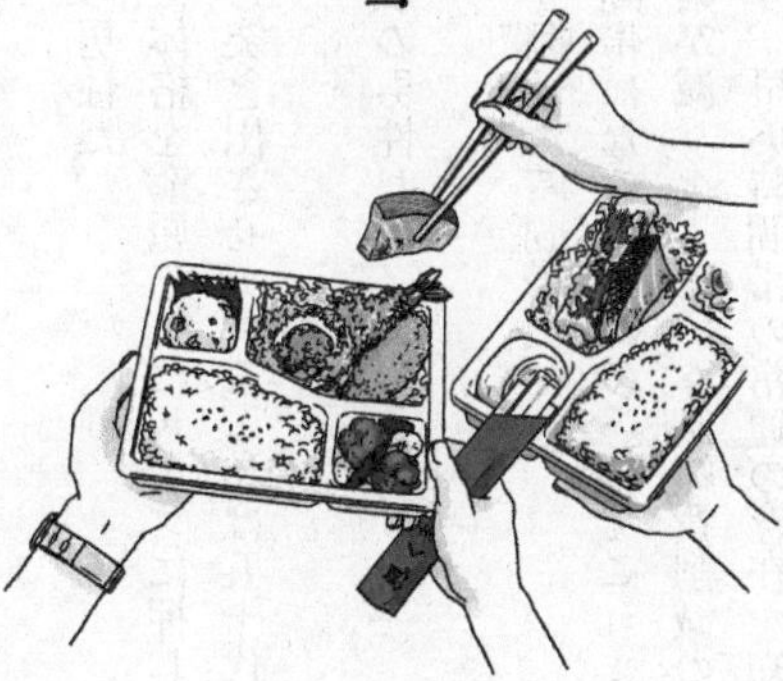

金曜日の人。

千春が心の中でそう呼んでいる人物がいる。

くま弁の常連で、毎週金曜日に来店する中年の男性だ。

縦に対して横幅がある、ちょっとずんぐりした体格を窮屈そうにスーツに押し込んで、血色の良い顔と半白の頭をネクタイの上から突き出させている。年は五十代くらいだろうか。

小さめの丸眼鏡が印象に残る、サラリーマン風の男性だ。

彼は比較的早い時間に来店する。

十七時開店のくま弁で、開店直後の客が一通り捌《は》けた時間帯だ。

だいたい千春が店に行くのはもう少し遅い時間帯になることが多いのでこれまではあまり遭遇しなかったのだが、八月に入って残業が減り——というか経費削減のために残業規制がかかり——千春の帰宅時間も早まり、早い時間帯の常連の存在を知ることになった。

金曜日の人は金曜日以外にも特徴がある。

彼は来店するとほとんどメニューも見ずに、

「ミックス弁当一つ」

と注文するのだ。

実はくま弁にはミックス弁当なる弁当はない。たまたま居合わせた千春はそれに気付いてハッと息を飲み、彼が商品を受け取り出ていった後、おそるおそる自分も真似して——だが一応疑問形で言ってみた。

「……ミックス弁当一つ、あります？」

バイトの桂が威勢よくはいっと答えてから教えてくれた。

「えーと、通常は日替わりで、今日のミックス弁はカレー風味カジキとザンギですね。ミックス弁にします？」

「あっ、はい」

「ミックス弁お一つ、少々お待ちくださーい」

千春は注文してからどきどきしてきた。今の今まで、ミックス弁当なんてメニューは知らなかった。というか、毎日新しく印刷されている写真入りのメニューにはミックス弁当なんて見当たらない。壁のメニューにも貼られていない。

（裏メニューだ……！）

いや、カレー風味カジキのソテー弁当とザンギ弁当はどちらもメニューに堂々とあるから、そのおかずを合わせただけのミックス弁当を裏メニューと呼ぶのはなんだか大げさな気もするが、こうしてメニューにないメニューを注文できると、あ、私常連っぽい……！　と思えてくる。

後日その話を同じく常連の黒川にしたところ、彼は不思議そうな顔で、

「毎日のように通ってるのに常連っぽいも何もないんじゃないですか？」

とコメントした。

まあとにかく、こうしてミックス弁当の存在を初めて千春に教えてくれた（本人にその自覚はないだろうが）『金曜日の人』は、千春にとって印象深い常連の一人となった。

❄

お盆も過ぎて、札幌の暑さも終わりが見えてきた。

心なしか過ごしやすくなった夏の午後、千春は休日出勤からの帰り道にあった。

急遽《きゅうきょ》対応しなければならない問題が発生して、シフト休みのはずの千春も朝から呼び出されたのだ。結局ソフトウェアに重大なバグが発見されるという会社としては最悪な展開で、しかも客から上がってきた苦情を社内できちんと共有できていなかったことがわかり、カスタマーサポート部門の千春も含めて対応に追われた。

そして客先での謝罪を終えた午後、直帰することになった千春は、「じゃあな、代休取れよ！」と言って会社に戻る上司を見送り、車が行き交う交差点に一人ぽつんと取り残された。

「はあ……」

夕方になって和らいだとはいえ、日差しはまだきつく、信号待ちをしている間にも噴き出した汗がアスファルトに染みを作る。

千春に全責任があるわけではないが、少なくとも問題は千春の責任下で起きた。スタッフはマニュアルに則って処理し、千春に問題の発生を伝えず、千春も気付かなかった。マニュアルに問題があり、さらに言えば千春はマニュアルの作成に携わった。

「……あー」

あれをこうしておけばよかったとか、いやでもそれは自分の職掌じゃないしとか、いやでもやっぱり……とか、今になって後悔することはいくつもある。

気付けば信号を待ちながらぶつぶつ口に出していて、通りがかったおばあちゃんに怪訝《けげん》そうな顔で見られた。

気まずくなって口を噤《つぐ》み、信号を渡ろうとしたが、そのときには信号が点滅していた。気付かないうちに信号が変わっていたのだ。

また信号待ちだ。

蟬の声が耳を聾《ろう》する。

――いや、あまりにうるさい。背後を見てみると緑の木々が生い茂っていた。蟬の声がうるさいのはそのせいだ。

市内中心地からほど近いこんなところにこんな緑があったかと思い、千春は見回し、すぐに『北海道大学植物園』という看板を見つけた。

「植物園」

濃い緑の木々の方から、ひんやりとした空気を感じた。それが汗ばんだ肌の上を撫《な》でていく。

千春はふらふらと入り口へ向かった。

入場は十六時まで。ぎりぎりだった。

あと三十分で閉園と聞いた時は一瞬現実に引き戻され、四百二十円の入場料を支払うか真剣に悩んだが、結局勢いに任せて料金を払ってゲートをくぐった。

中に入ると、広々とした緑の芝生が目に飛び込んできた。大きな温室に、何やら資料館もあるらしい。時間帯のせいなのか元からそうなのかはわからないが園内は空《す》いていて、木陰で涼むカップルや親子連れがまばらにいるだけだった。

千春も木陰を見つけて座り込んだ。

虫の声が耳を聾する。

歩いたせいで汗ばんでいた肌に、木陰の空気が気持ちいい。ストッキング越しに草のちくちくした感触を味わい、あっ、今日は謝罪に行ったからスーツだったんだ……と気付いたが、汚れは気にしないことにした。

せめて閉園までの三十分だけは、と思って、目を閉じる。

息を吸って吐いてを繰り返しているうちに、自分の中でうるさく主張していた後悔の声が遠くなる。虫の声が言葉を吸い込むようだった。

目を開けると、緑の梢《こずえ》の間から雲一つない青空が見えた。

「は－……」

汗が垂れて目に染みる。

口を半開きにして、暑さをぼんやりやり過ごす。

しばらく意識が現実から遊離して、蝉の声とか、吹き抜ける風とか、葉を透かして落ちてくる残暑の日差しだとかを感じ――突然、はっと現実を意識する。夢から覚めたように感じて、それが何故なのかを考える。

目の前に、革靴とスーツの足が現れたからだ。

「ん？」

数歩先に止まったその足を見つめ、それから足の持ち主を見上げる。ちょっと横幅のある、ずんぐりした体形と、半白の頭。印象的な丸眼鏡。

彼は樹上のリスか小鳥でも観察しているらしく、突っ立って木を見上げていたのだ。

「あ」

くま弁の『金曜日の人』だ。

声に気付いて、男性が千春を見た。

彼はしばらく千春の顔を見てから、ああ、と思い至った様子で声を上げた。

「どうも……」

「あ、どうも」

互いに頭を下げて挨拶《あいさつ》をする。特に何を話したわけでもなかったが、お互いに意外な場所で会ったものだと思っているのは伝わった。

彼もスーツ姿で、明らかに仕事帰りか仕事を抜け出してきたところだった。どちらも四百二十円を払って植物園にやってきた。理由はわからないが、彼も千春同様、喧《けん》噪《そう》を離れて一人になりたかったのだろう。

その場はそのまま別れ、千春はまた、蟬の声に耳を傾けるだけの時間を過ごした。

だが、そういうことがあると、年代も性別も違うとはいえ、なんとなく近しく感じられてくる。

それ以来会えば挨拶程度は交わすようになり、時には弁当を待ちながら雑談するようにもなった。

名前は、守田《もりた》という。

「なんか意外な組み合わせですよね」

そう言ったのは、黒川だ。千春以上に常連の彼は今日も玉子焼きを買いに来店している。時刻は十八時。千春は早番の仕事帰りで、黒川は休日らしいラフな恰好《かっこう》だ。

千春はサンマの竜田揚げ弁当を待ちながら、植物園での出会いから説明した。黒川が意外そうなのが嬉《うれ》しくて、ついつい色々喋《しゃべ》ってしまう。

「私日々のしんどいことをユウさんのお弁当に癒《いや》してもらってるとこあるんですけど、

植物園で守田さんを見かけた時、あ、お仲間じゃないかなって感じがして……」

「⁉　小鹿さん、日々の辛《つら》さを弁当に癒されてたんですか？」

「え、だって美味《おい》しいもの食べると元気になるじゃないですか」

「そうですけど……なんかお疲れみたいだなって。それに、弁当を介さなくてもユウ君に労《いたわ》ってもらえる関係になったんじゃ……？」

「えっ、あ、それは……まあでも、やっぱりお弁当美味しいし、そこは譲れないかなと」

「譲れないんですか……小鹿さんを癒すのはユウ君じゃなくて弁当なんですか……」

「うん……はい……」

そう言われると自分が何か間違っているような気がしてくる。

「ユウ君いいの……？」

話を振られて、竜田揚げを揚げていたユウはちょっと不満そうな顔で黒川を睨《にら》む。

「いいですよ、勿論《もちろん》。別に問題ないでしょう」

「えー、でもユウ君より弁当の方が有能っぽいけどいいの？」

「ちょっと意地悪な言い方しないでください」

千春が慌てて訂正する。

「ユウさんのお弁当が有能すぎるだけですよ」

「……千春さん、それあんまりフォローになってないです」

ユウが少し悲しげに言った。

千春は慌ててもうちょっと別のフォローを考えたが——鶏が先か卵が先かみたいなものでこの議論は不毛だと思うんですよね、というものだった——口に出す前に別の客がやってきた。

曜日と時間帯からして話にも出ていた守田がそろそろ来たのかなと思ったが、顔を見ると女性だった。

ちょうど守田と同年代くらい、こちらは顔も身体もほっそりとしている。

「いらっしゃいませ」

「あの、突然すみません。人を探しているのですが」

客じゃないのか。

千春はついついその女性客の様子を窺《うかが》う。

「五十代で、小太りの、半白の頭の男性で……」

おや？

まさかと思ったが、女性が語る特徴は千春が知る守田の特徴とよく似ていた。

「こちらに来店したことがあると思うのですが、何か覚えていらっしゃらないかと……」

「守田さんに似てるね」

黒川も同じくそう思ったらしく、千春に話しかけてきた。

それが聞こえたのか、女性客はハッとした顔で、黒川と千春に尋ねる。

「守田です、そうです、守田はよく来ていますか」

「え、ええ、よく金曜に来てますよね？」

千春は勢いに気圧《けお》されながらもユウにそう確認し、ユウも少し考えてから答えた。

「そうですね、似ていらっしゃると思います」

「守田は毎週金曜に来ているんですか？　ここに？　誰か一緒じゃありませんでしたか？」

「あの……」

ユウが困り顔なのを見て、女性は前のめり気味だった姿勢を正した。

「失礼しました。わたくし、守田の妻です。この袋を……」

そう言って、バッグから畳んだくま弁の袋を取り出し、広げて見せる。弁当を入れるレジ袋で、店の名前と電話番号がプリントされている。

「家で見つけまして」

「確かに当店のものです」

「それで、主人はどなたかと一緒じゃありませんでしたか？」

「守田さんが誰かと一緒だったことってないですよね？」

そう言ったのは黒川だ。千春も考えてから頷《うなず》く。

「そう……思います。いつもお一人ですよ。私もよくここに来るんですけど」

「そうですか……」

女性は千春と黒川を見やり、どちらかというと千春の方をより長く見つめてから、言った。

「お二人は、常連のお客様なのでしょうか？　では、守田がどこで弁当を食べているのかご存じありませんか？」

「どこで？」

「さあ、ちょっとそこまでは……」

千春と黒川が口々にそう言って、首を捻《ひね》る。

だが、どこで、というからには、家ではないということか。

黒川が首を捻りながら意見を出した。

「会社とか？　結構そういう人も多いですよね、職場で食べるの」

「ああ、そうですね、近くの会社の人とか……」

「守田の職場は三駅先です……」

……まさか三駅先から弁当を買いに来て、また三駅乗って会社に戻るようなことはしないだろう、普通。

女性は、俯《うつむ》いて低い声を押し出すようにして言った。

「……家では食べていません。お恥ずかしいことですが、私はずっと金曜日は残業だと聞いていました。それが先日、急用で携帯に電話したのですが繋《つな》がらず、会社に電話をして、すでに出ていると……」

千春も黒川もなんともコメントしづらく、互いにちらちらと目を見交わした。

同じ男なんですから……という千春の視線に押し出されるように、黒川が口を開いた。

「あの、えーと……ほら、帰りにくいことってあるかなと……男って、一人になりたいことがあるって言うじゃないですか」

伝聞形なのは、黒川自身は、毎日一人暮らしの家に帰るのが寂しい……と呟《つぶや》いているからだろう。娘が寮生活をするようになってから、黒川は時々くま弁に泊まっていっている。

彼の場合は寂しがりが過ぎる気もするが。

「そうです……か？」

藁《わら》にも縋《すが》るような思いなのだろう、女性が黒川の言葉を確認した。

黒川はこくこくと無責任に頷いている。

「そう、いやあもう、僕なんかからすると勿体《もったい》ないというか贅沢《ぜいたく》というかって感じですけど、そういう気分になることもあるんですよ。それに、最初は本当に残業だったけど、恰好《かっこう》つけてその後も残業ってことにしてるだけとか、そんなとこですよ」

「はい……」

女性は消え入りそうな声を出す。心配になったのか、黒川はさらに言葉を重ねて安心させようとする。

「ほらあ、守田さん真面目そうだし、悪いことなんかしてないですよ、大丈夫——」

「う……」

女性が堪《こら》えきれない様子で呻《うめ》いて、俯いた。

その瞬間頬を流れた涙を、千春も黒川も見てしまった。

「あの、よかったら……」

女性は千春が差し出したハンカチを借りて涙を押さえる。

「すみません……」

「ザンギ弁当お願いしまーす」

仕事帰りらしい客がまた一人やってきた。ユウは女性にそっと声をかけた。

「あの、よかったら奥のお部屋使ってください。僕も後で行きますから」

そうしましょうそうしましょうと千春と黒川も言い、二人で女性を従業員の休憩室になっている奥の和室へ通した。

❄

「実は口座からお金が下ろされていたんです……」

昭和レトロといった雰囲気の和室に腰を落ち着け、黒川が出したお茶を前に、女性はそう千春たちに打ち明けてきた。

重すぎる打ち明け話に黒川と千春はさっと視線を交わした。

聞いてはいけない話のような気がするが、今更千春も黒川も逃げ出せなかった。

女性は千春が貸したハンカチを握りしめながら言った。

「まとまった額のお金で。私は、もしかして浮気《うわき》じゃないかと……」

「浮気なんて！　そんな人じゃないですよ、守田さん……」

黒川が慌てて否定したが、女性は泣いて赤くなった目で黒川を見据えた。

「私も違うと思います。主人はそんな器用な人じゃありません。だからきっと、遊びじゃなくて、真剣な付き合いなんです……」

「えっ!?　そっち!?」

黒川のフォローがかえって話をややこしくしている。

千春は先ほど彼女に見つめられた時のことを思い出した。

黒川より千春をねっとりとした目で見ていたが、あれは夫の愛人か何かじゃないか、疑った目だったのだろう……。

正直良い気分はしないが、疑心暗鬼になっていて彼女も辛《つら》いのだろう。

「元々口座はそれぞれが管理していたので正確な額は私もわからないんですが、確かになくなっているんです。無駄遣いするような人じゃないから、愛人へのプレゼントか、それとも二人で暮らすマンションの頭金か……」

マンションの頭金というと結構な額だったのだろうか。千春は怖くて突っ込んで聞けない。

そのとき、厨房《ちゅうぼう》に通じる入り口からユウが部屋に入ってきた。

「お待たせいたしました」

「ユウさん！」

千春は救い主に出会ったような気分で彼の名を叫ぶ。

「お弁当できました。こちらが小鹿様、こちらがお客様のものです」

「え？」

だが、ユウのその言葉はあまりにも想像から外れたもので、千春は瞬《まばた》きを繰り返す。

隣に座っていた女性も同じだ。千春はともかく、彼女は別に何も注文していない。

黒川が、感心したように言った。

「いやあ、ユウ君ってお節介だとは思っていたけど、注文していない人にまで弁当出しちゃうようになったんだね……もう押し売りだよそれ……」

「お代は結構ですよ」

女性は驚きながらもきっぱりと断った。

「い、いりません。今はそれどころじゃ……それより、守田はいつごろ来ますか？」

「あ」

言われて千春は柱にかけられた時計を見上げる。

時刻は十八時過ぎ──そして金曜日。そろそろ守田が来る頃だ。

突然厨房に通じるドアが開いて、柱が情けない顔で現れた。

「ユウさぁん、助けて！」

「あ、ごめんね、今行きます」

ユウが答えていそいそと立ち上がる。

そういえば、今は混む時間帯だ。

千春は戸口から店の方をちらっと覗《のぞ》いた。客の姿がいくつか見え──

「！」

「あ、守田さん」

同じく覗いていた黒川が、見つけた常連の名前を呟いた。

それを聞いて、女性が黒川を押しのけんばかりの勢いで戸口に張り付き、店内の様子を覗《うかが》う。

「あ、あの、旦那《だんな》様ですよね？　声かけてこないんですか？」

「ちょっと、静かに、静かにしてくださいっ」

女性が潜めた声でそう言う。

千春も黒川も黙り込み、ユウはお弁当ここにおいておきますねと言って、さっさと店へ戻って行った。

いつものように、ろくにメニューを見ずに守田は注文する。

桂が復唱し、ユウが作り始める。揚げたてのフライを容器に詰めていき……そこで千春はあれ、と違和感を覚える。

できあがった弁当を守田が受け取って店を出ようとすると、女性も追いかけて部屋を出た。

厨房へ通じる戸口は避け、住居用の玄関から外に出るつもりらしい。

黒川が玄関の扉を開けてやると、彼女は改めて千春と黒川を見て、頭を下げた。

「ありがとうございました。お見苦しいところをお見せしてしまい……できればこのことは守田には内密にお願いします」

「いや、それはちょっと……」

黒川が率直に言うと、女性は左右で綺麗《きれい》にそろえた眉《まゆ》をひそめた。

「……わかりました、でも、ありがとうございます。これで失礼します」

「えっと、あの、お弁当……」

「結構です。よかったらあなたが召し上がってくださいません？」

とりつく島もないが、千春は弁当を入れた袋を抱えて困ってしまう。

「あの、でも、たぶんこれ特別なお弁当なんじゃないかなって思うんですよ、ユウさんのことだから……」

「すみません、失礼します」

女性はそう言って、玄関から通りに出て、少し先を行く守田の後を追いかけ始める。

「あっ、えーと、待ってください、あの……」

ユウはたぶん、何か思うところがあって、この女性のために弁当を作ったのだ。千春に向けてではない。

だからこれは、千春が食べてはだめな弁当だ。

それに千春はサンマの竜田揚げ弁当をもう注文して受け取っている。

八月も半ばを過ぎて、札幌のスーパーではサンマが出回るようになった。こちらのサンマの旬は本州よりも少し早い。よく太ったサンマをグリルで焼くと油がぱちぱちと跳ねるし、焼きたての香ばしい皮に醬油《しょうゆ》をかけるとじゅっと音がする……。勿論《もちろん》竜田揚げも美味《おい》しい。外側はカリカリ、中はふわっと揚げられたサンマは塩焼きとはまた違う美味しさがある。ああ……。

想像しただけで口の中によだれが湧き出てきた。千春はそれを飲み込んで、困って手元の二つの弁当を見た。それから黒川を振り返った。彼は自分は関係ないと言わんばかりに、もう休憩室に戻ってしまっていた。

「ええと……」

千春はしばらく悩んで、結局女性を追いかけて走り出した。

「あのう、やっぱりお弁当……」

千春が声をかけると、女性はびくっと震えて振り返った。千春を見つけて、声を潜めてとがめる。

「付いて来ないでください。お弁当はいらないって言っていますよね？」

「いえ、でも……」

「それとも夫と何かご関係があるんですか？」

「は？　え？　まさか、そうじゃないですけど、ただ――」

女性をあまり刺激したくはないが、どうしたらいいのだろうか。

「なら放っておいてください！」

「あっ」

女性が大きな声を上げ、守田が気付くのではないかと千春はヒヤヒヤする。

だが車の往来が多いせいか、守田はこちらに気付いた様子はない。信号が変わるとさっさと道路を渡っていく。

豊水すすきの近辺は札幌の中心地に近いこともあってホテルも多いが、そういった地区はもう抜けている。橋を渡って豊平川《とよひら》を越え、高い建物もまばらになってきた辺りだ。

「ん？」

「何ですか、これ以上つきまとうのは――」

「あ、いえ、守田さん建物に入っていきましたけど」

「えっ」

守田は36号線沿いにある三階建てのビルに入っていく。随分広い駐車場があるなと思ったが、どうやら中古車を扱っているらしい。

女性は慌てて守田を追いかけ、千春も結局後を追った。

近づくと、『車のフチ屋』という看板があるのに気付いた。看板には、福祉車・移動販売車改造承りますという文言も見える。

「福祉車っていうと、車椅子とかでも乗り降りできる……っていう車ですよね」

「移動販売って何かしら……車でお料理提供するようなお店のことかしら」

「そう、思います……」

少し特殊な車を扱っているらしい。営業時間はもう終了しているが、事務所はまだ明かりがついている。どうしたものかと思っていると、すぐに守田が出てきた。女性と千春は二人揃って物陰に身を隠す。

守田は駐車場の方へ向かうと、一台の車の鍵《かぎ》を開けて乗り込んだ。

店の商品かと思ったが、値札がないから違うらしい。

鈍色《にびいろ》のバンで、よく見ると塗装がはげているところがある。

まだ売り出し前の、修理途中の中古車だろうか。

と、じろじろ眺めているうちに、いきなり車のルーフがせり上がってきた。

「ひぇっ」

「まさか……」

千春はただ驚くだけだが、女性の方は何か思い当たることでもあるみたいに、そう呟《つぶや》いた。

そして突然車に駆け寄ると、バンのドアを開けた。

「えっ、あのっ！」

「あなた！」

狼狽《うろた》える千春を置いて、女性は車内にいた守田を問い詰めた。

「まさかこれ買ったの⁉」

守田は今にも弁当を食べようとしていたところで、袋に収まったままの箸《はし》を持って固まっている。

だが、守田より何より、千春は車内の様子に驚いていた。

車内には、小さいながらもキッチン、電子レンジ、テレビが設置され、反対の壁際には布張りのソファが置かれている。天井はせり上がっているため高く、車内とは思えず、千春は思わず一度外から車体を見て、あらためて車内を見たほどだ。

「キャンピングカーだ……！」

呟いて、千春は福祉車・移動販売車改造承りますという売り文句を思い出す。キャンピングカーも、そういった特定目的の改造車のくくりに入るのだろう。

物珍しさから千春は車内をじろじろ見てしまうが、勿論守田も女性もそれどころではない。守田の方は妻の登場に完全に意表を突かれて言葉も失っているし、妻もなんと言ったらいいのかわからない様子で、守田を睨《にら》みつけている。

千春はなんとか間を取り持とうと思ったが、夫婦のことに余計な口出しをしてもろくなことにはならない気がした——その時自分が何を抱えているのか思い出し、一筋の光を見つけたように思って言った。

「あの、お弁当どうぞ！」

そう、千春の腕には、自分の分の他に、女性の分のお弁当もあったのだ。

夫婦がソファに座ったが、それぞれ別の方向を見ていた。どちらも弁当は膝《ひざ》の上にあるが、蓋《ふた》を開けようとすらしない。

お茶買って来ますね！　と言って気まずい現場から逃れたものの、買って戻っても状況はまったく変わっていなくて、千春は泣きそうになる。

ここに黒川でもいればまだ適当なことを言って場を賑《にぎ》わせてくれただろうが……。

（引きずってでも連れてくればよかった）

張り詰めたような空気は咳払《せきばら》い一つもよく響く。

考えてみれば念願の弁当は無事に女性に渡せたのだし、千春がここにいる理由はない。

（帰ろうかな……）

やはり夫婦の問題に口を出してはいけない。

千春はお茶だけ置いて帰ろうと、さっと腰を上げた。

だが、一瞬遅かった。

「悪かったよ」

守田がぶっきらぼうな口調でそう言ったのだ。

「君に黙って買ったんだ。中古車で、でも修理が必要だったから、ここを借りて作業させてもらってる。社長が知り合いで……」

「……そういえばフチさんってあなたの友達にいたわね。年賀状が来る……」

「うん……」

守田はちらっと妻を見て、顔をしかめた。

「君は本当に細かいことをよく覚えているんだね」

「何よ、その言い方。覚えてちゃ悪いの？　勿論《もちろん》キャンピングカーのことだって覚えてたわよ、退職後にキャンピングカーで旅行しようって話でしょ」

「覚えてたのか……」

守田はちょっと意外そうだった。千春はもっと意外だった。

彼女が覚えていた云々ではなくて、守田がそんなロマンチックな夢を持っていたことがだ。

言ってはなんだが、千春は守田と自分を重ねているところがあった。

日々の生活の疲れをくま弁に癒されている……そういう部分が似ていると、勝手に思っていた。

だから、彼がこんなふうに夢の実現のためにせっせと車の修理に通っていて、くま弁の弁当はそのお供だったのだとわかって感心してしまったし、勝手に似ているなんて思って申し訳ない気持ちにもなった。

「君はどうだか知らないけど、俺にはずっと夢だった。引退したら、キャンピングカーで、あちこち回って……散策したり、趣味の昆虫採集もしたいし、楽しみにしてたんだ」

あ、そうか、この人単に緑の中にいるのが好きなだけだったのかも……と千春は植物園に守田がいた理由に思い当たった。札幌の中心部には大通公園や中島《なかじま》公園もあるが、植物園は有料だけあってそれらよりは空《す》いているし、高山植物のエリアなどもあって、千春もなかなか楽しめた。

守田の言葉に、彼女は不満そうだった。

「私だってそうよ、あなたがどう思っていようともね。でもいきなり何百万もなくなってたら、そりゃ私だってびっくりするわよ。あれは全部この車に使ったの？」

うわあ、やはりそういう単位のお金だったのか……と千春は恐ろしくなる。

さすがに守田はバツが悪そうな様子だった。

「君に言ったら反対されるかと思って……」

「だからって黙って買うの？」

「十年以上もキャンピングカーの話なんてしなかったじゃないか。どうせ君は覚えてないだろうって思ってたし、反対されたら絶対に買えないし……」

黙って買ってもどこかで絶対にばれると思うのだが……。

千春は賢明にもその言葉は飲み込んで口にしなかった。

「そりゃキャンピングカーのことなんて話さないわよ。他の話だってろくにしてなかったもの」

夫人はそっぽを向いたまま、寂しげに呟いた。

「家って、そんなに居心地悪かった？　帰りたくないくらい？」

「それは……」

守田は迷った様子を見せたが、夫人の肩に手を置いた。

「修理したかっただけだよ、別に帰りたくないわけじゃないよ。勝手に買ったことは、悪かったよ」

夫から謝られて少し気持ちが落ち着いたのか、夫人は先ほどよりは優しい声を出した。

「ええ、私も、あの……あなたがまとまったお金下ろしたから、変な勘ぐりしちゃったの。ごめんなさい。後をつけてきたりして」

夫人も謝ったが、それで仲直りという雰囲気ではなく、互いに気まずそうに黙り込み、守田も肩に置いた手を結局引っ込めてしまっている。

だめだ、逃げたい……。

(そもそも私がここにいるのがおかしいよ……)

守田も夫人も千春の存在は意識してしまっているだろう。夫婦げんかの場に他人がいるのはおかしいと思うし、千春としても帰りたいのだが、完全にタイミングを逸している。

いや、むしろ守田はともかく夫人なんてはっきり物を言いそうなタイプに見えるのに、千春に帰れと言わないのは何故だろう。

(！　もしかして、私に仲を取り持つことを期待してる……!?)

千春は夫人の様子を見たが、千春と目が合うと彼女は気まずそうに視線を逸《そ》らすだけだ。千春の予想が当たっているのかどうかもわからない。

だがとにかく、黙っていても雰囲気は改善されないし、ここですべてを投げ出して帰るのも後味が悪すぎる。本心を言えば帰りたいが。

「あっ、あの、お弁当食べませんかっ、ほら、お茶も買ってきましたし……」

千春が二度目の誘いを口にして、強引に彼らに自販機で買ったお茶を差し出すと、夫人の方がお茶を見て、財布を取り出した。

「ありがとう。お代……」

「いえっ、結構ですからどうぞ」

「いいから受け取って、ほら」

「あ、いえっ」

千春は断ろうとしたが、結局二本分三百円を握らされてしまった。

「ありがとう、小鹿さん」

守田はペットボトルを受け取って礼を言い、ずっとテーブルの上に置きっぱなしになっていた弁当箱を手に取った。

その蓋を開ける。

そして出てきた弁当を見て、守田は訝《いぶか》しげな声を上げた。

「あれ？」

「どうしました？」

「これ、いつものミックス弁当と違ってて……」

見ると、守田の弁当は数種類のフライが入ったミックスフライ弁当だった。

「あ、ミックスフライですね」

千春はユウが作る弁当を見た時に覚えた違和感を思い出す。日替わりミックス弁当にしてはフライばかり入っているなと思ったのだが、こうして見てもやはりミックスフライ弁当だ。

守田は困惑した様子で言った。

「いつも、イカリングと焼き鮭のミックス弁当頼んでいるんだけど……」

「えっ、ミックス弁当って日替わりじゃないんですか？」

「そうなの？　いや、実は最初にイカリングと焼き鮭のミックスできないかって頼んでいて……」

守田の話すところでは、焼き鮭弁当に入っている玉子焼きがイカリングならなあという願望をユウに話したところ、その焼き鮭＋イカリングのミックスで弁当を作ってくれるようになったそうだ。以来、同じ組み合わせを続けていると。

「君のは？」

ふと守田がそう声をかけ、守田の話に聞き入っていた夫人も弁当箱の蓋《ふた》を開けた。

中身は、鮭海苔《のり》弁当だ。ご飯の上には海苔が敷き詰められ、おかずは焼き鮭とちくわの天ぷら、それに筑前煮《ちくぜんに》という定番のお弁当だった。

「あ、いいですねえ、定番の鮭海苔弁当」

「そう、私好きなのよ……」

夫人は呟《つぶや》いて、ふと微笑んだ。千春が初めて見た彼女の笑みは、思いのほか優しげだった。

彼女が小さな声でいただきますと呟いたのを合図に、残る千春と守田もそれぞれ箸《はし》を手に取った。

千春のサンマの竜田揚げ弁当は、濃い目に味付けされたサンマがカラッと揚げられ、ごはんのおかずとしては申し分なかった。こんな時でも、弁当はしっかり味わう自分は案外神経が太いのかもしれない。

一方守田はあまり箸が進まない様子で、ちらちらと何度も妻の方を見ていた。見られている方は、気にしていないのか、じっくり弁当を見ていると思ったら、ちくわの天ぷらをつまみ上げ、口に入れた。

さく、という歯ごたえが千春にも伝わってくるようだった。

衣に混ぜ込まれた青海苔の風味ともっちりとしたちくわの組み合わせは、定番中の定番だが、やっぱり海苔弁当には外せないと思う。

すぐに守田夫人は海苔と鰹節《かつおぶし》とごはんが層をなす海苔ごはん部分にも箸を伸ばす。口に入れた海苔と鰹節とごはんを、彼女はゆっくりと咀嚼《そしゃく》する。

そして、飲み込んだ時、愛《いと》おしそうに、微笑んだ。

千春でも、ちょっとどきっとするような表情だった。

そんな千春の視線に気付いてか、彼女は顔を上げた。

「付き合わせてごめんなさいね」

物欲しげな顔をしていた気がして、千春は慌てて背筋を伸ばし、表情を引き締めた。

「あ、いえ……その、本当に、お好きなんですね、海苔弁当。美味《おい》しそうに食べてらっしゃって」

「昔のこと、思い出しちゃって」

彼女は上機嫌な様子で、楽しげに語り出した。

「もうずーっと昔の話よ。私もこの人もまだ若い頃、あちこちキャンプして回ってたの。でもある日、食材が入った袋を家の玄関に忘れちゃって。あの頃は今みたいに便利じゃなかったから、夕方になるとどこのお店も閉まっちゃって。唯一開いてたお弁当屋さんで、売れ残ってたお弁当二個買ってね。焼き鮭が入った海苔弁と、フライのお弁当」

焼き鮭が入った海苔弁と、フライのお弁当……というと、目の前の二つのお弁当そのものだ。

「それを、二人でおかずを融通し合ってね。この人ったら、君はフライが好きだろうからやるよ、俺にはその焼き鮭をくれって。勝手に決めつけて私のお弁当から鮭を盗《と》っていったのよ」

夫人はくすくす笑って弁当を見つめ、それから、弁当のおかずの中から焼き鮭を取り上げ、守田の白いご飯の上に載せた。

「あなた、単に自分が焼き鮭食べたかっただけでしょう」

「君だって文句は言わなかったじゃないか」

「仕方ないなあって思って譲ってあげたのよ」

惚《ほ》れた弱みよね、と言って彼女は喉《のど》の奥を鳴らして笑った。

千春は顔が熱くなる。守田の方も顔を赤らめて、自分の弁当から彼女の弁当に白身魚のフライを一つ移した。

「あの時の焼き鮭、美味《うま》かったよ」

「なら最初から焼き鮭弁当にすればよかったじゃない」

「いや、イカリングは好きなんだ……」

恥ずかしそうに言う守田を見て夫人は腹を抱えて笑い、息ができなくなるほど笑って、涙を拭《ぬぐ》った。

最初は指で拭い、それでは足りなくなって手の甲を使い、俯《うつむ》いて手のひらで顔を覆った。

「……何、これ食べてたの？　毎週？」

「うん……」

「毎週、これを食べて、車の修理してたの？　残業だって言って」

守田は元々血色のいい丸顔を赤くしていた。

「だって、美味かったんだよ。君がくれた焼き鮭とイカリングの弁当が、俺が食べた弁当の中で一番美味かったんだ」

熱烈な愛の告白みたいだ。

端で聞いているだけの千春さえ、なんだか胸を打たれてしまう。

夫人は顔を上げた。顔をくしゃくしゃにして泣いていた。

「バッカじゃないの……」

そういう彼女は、恥ずかしそうで、嬉《うれ》しそうで、愛おしそうで。

夫人に背中を叩《たた》かれて、守田は身を竦《すく》めて、それから夫人の泣き顔を覗《のぞ》き込み、そっと肩を抱いた。

背中を撫《な》でられて、彼女は嗚咽《おえつ》を漏らし、泣いて、小さな声で叫んでいた。

「あなた、もうとっくに、忘れてると思ってたの。お弁当のことも、キャンピングカーのことも」

「忘れてないよ……キャンピングカーのことも、昔は何回も話したじゃないか」

「もっと話をしましょうよ、キャンピングカーで日本中回る話をしましょうよ……」

「うん……」

一緒に年を取っていく話をしよう、と言って彼女は泣いていて、彼は何度も頷《うなず》いて、背中を撫でていた。

泣き止むと、彼女は恥ずかしそうに千春にもお弁当を持ってきてくれたお礼を言い、おかずを交換した弁当を食べていた。

二人で作った二人だけのミックス弁当の味は、千春にはわからないままだった。

それでも、二人が美味しそうに食べていたから、幸せを分けてもらったみたいに、千春の胸の奥はぽかぽかと温かかった。

❄

次の営業日にくま弁に行くと、ユウはミックス弁当のことを話してくれた。

「最初にイカリングと焼き鮭のミックス弁当がいいというリクエストをいただいた時、奥様との思い出のお弁当だって伺ったんです」

ユウは千春リクエストの玉子焼きを焼いてくれる。千春はその手元を眺めつつ、あの二人の弁当を思い出す。

「じゃあ、そのときあの話も？　ほら、鮭海苔《のり》弁当とミックスフライを合わせてオリジナルミックス弁当にしたっていう……」

「そう。素敵なお話だなって思ったんですよね。別々のものを合わせて、それぞれの好きなところを取り入れて。守田さんが、またちょっと恥ずかしそうに話していて、でも毎週食べても全然飽きないくらい大好きなお弁当で、きっと奥様のことも大好きなんだろうなあって。勿論《もちろん》、問題がない夫婦はないんでしょうけど、このお弁当のことは、奥様にも是非知ってほしかったんです。それで、ああいう形で、旦那《だんな》様が毎週思い出のお弁当を食べてるんですよって奥様にばらしたわけです」

「そうですよねえ、知ってほしいですよね。奥さん、すごく……喜んでたと思いますよ」

「それならよかったです。ポケットマネーで作っちゃったかいがありました」

ふふ、千春は笑いを漏らした。

ミックスフライ弁当と鮭海苔弁当を分け合って、時折笑いながら、おしゃべりを楽しんで食べていた二人を思い出す。

退職後にキャンピングカーで日本中を旅するなんて、いい夢だなあと思う。夫婦共通の夢というのがさらに良い。

結婚も、リタイアも、千春にはまだ現実味がない。

でも、いつか、そんな夢を見られるだろうか。

そのときは、あんなふうに――

ふと千春はじっとユウを見つめていることに気付いて恥ずかしくなった。

まだ付き合って数ヶ月なのに、もう結婚を意識するのか？　それってちょっと舞い上がっていないだろうか。いやでも、千春の年なら、そういうものなのだろうか。いやでも、うーん。

千春が狼狽《ろうばい》して顔を赤くしたり青くしたりしているのを見て、ユウは心配そうだった。彼は何か言いたげだったが、あの、と声をかけたところで、玉子焼きを焦がしていることに気付いて慌てて火を止めた。

「すみません、作り直します！」

そんなユウの様子を見て、千春は思わず呟《つぶや》いた。

「珍しいですね、ユウさんが焦がすなんて」

「……………その、実は、この前の話なんですけど」

ユウは言いにくそうにしていたが、思い切った様子で口を開いた。

「悩みとかあったら、聞きたいんです。いえ、勿論、あまり話したくないこともあると思うんですが、いつでも、僕は千春さんの力になりたいとは思っているので」

「お……あ、はい……」

動揺して千春は変な返答をしてしまう。ユウはこういうところでストレート過ぎて眩《まぶ》しいことがある。

千春は夏の日差しを浴びたように目をぎゅっと閉じて手をかざし、しばし固まった。

「……？　千春さん？」

「はっ！　なんでもないです、あの、動転してただけです。いえ、えーと、ありがとうございます……」

「本当にわかってくれてます？」

「わ、わかってますよう……」

お弁当の方が有能なんて言われて、ユウとしては複雑なのだろう。

千春としては、言語化するのがしんどかったり、ユウを煩わせたくないという思いもあって、日々のお弁当に慰めを見いだしていただけだったのだが。

「でも私、あんまり話して楽になるって感じでもなくて……食べたり、ひなたぼっこしたり、ひたすら歩いたりとかで解消する方でして……」

そうはいっても、ユウの気持ちも嬉しいので、千春は一つ提案してみた。

「……えーと、じゃあ、本当にしんどい時は、会いに来てもいいですか？」

「会いに行きますよ」

「いや、そんな負担かけるわけには……」

「負担なわけないでしょう」

ユウは怒ったようなふて腐れたような顔だ。千春は驚いて息を飲み、それから嬉しくなって頰を緩めてしまう。

「今の台詞《せりふ》録音して聞いたらそれだけで元気出そうです」

「……………お手軽すぎません？」

「ユウさんの発言がパワフルだったんですよ。でも、本当に、いいんですよ。顔を見に来るのが好きなんです。ユウさんがどんなふうにお弁当作ってるのかなとか、今日はなんて声かけてくれるかなとか、何食べようかなとか考えるのが楽しいんですから。それでそこの自動ドアを開けて入った時、ユウさんが顔を上げて、私を見てぱっと笑ってくれるのが嬉しいんです。嫌なこともぱーっと散っていっちゃうみたいで」

千春は照れて、頭を掻《か》いた。

「確かにお手軽かもしれませんけど、でも、それってすごく贅沢《ぜいたく》だなあとも思うんですよね」

「…………」

ユウは眉間《みけん》に皺《しわ》を作って気難しそうな、苦々しげな顔になった。

出会った頃なら絶対にしなかった顔だが、今は、彼が照れくさいのを必死に我慢しているのだということがわかる。時々黒川とか、熊野とかにも見せる。

笑顔は誰にでも見せるユウだが、こういう顔を見せる相手は、結構少ない。

自分は千春に優しいことを言うくせに、千春から優しいことを言われることには慣れないらしい。

そういう彼が、愛《いと》おしいと思う。

ふふ、と声を漏らして笑う千春を見て、ユウはすねて視線を逸《そ》らした。

「千春さんは、わかっててそういうことを言うんですよね。いい性格してると思いますよ、ほんと」

「こういうことはちゃんと口に出して言っていかないと。照れるユウさんも好きですよ」

ふてくされた顔ながら、彼は僕もですよ、と言ってくれた。

そういう彼を見ていると、千春は随分元気になれるのだ。

翌週からも守田はくま弁に来たが、いつも二人分の弁当を買うようになった。

大抵はミックスフライ弁当と鮭海苔弁当だが、時々、違う弁当を買って行って、新しいミックス弁当を作っているようだ。

キャンピングカーの修理と改装は、二人で着々と進めているとのことだ。

千春はたまたま『車のフチ屋』の前を通りかかった時、駐車場に停めてある守田の車を見て、一瞬目を疑った。

あの鈍色《にびいろ》のキャンピングカーが、綺麗《きれい》な水色に塗装されていたのだ。

いつか始まる二人の旅の空も、あんな風に気持ちよく綺麗に晴れているといいなと思えた。

・第三話・　姉の秘密と新米弁当

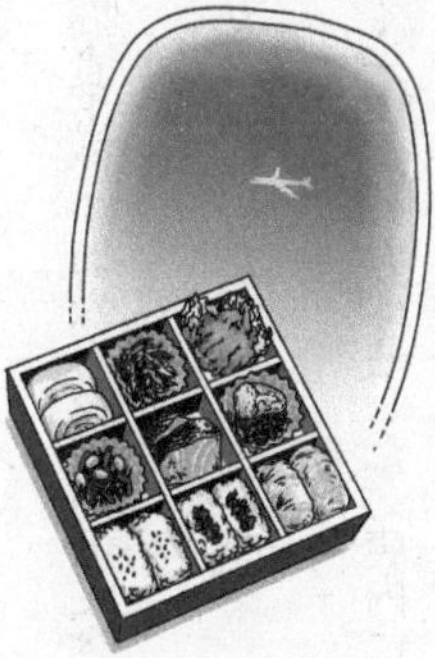

定休日のくま弁には、住居スペース用の玄関から入ることが多い。

最近の千春は店の定休日に合わせてシフト休みを入れるのだが、今日はうまく調整できなかったので、仕事帰りにユウに会いに行った。

時刻は十八時。

夕食はユウが作ってくれると聞いているから、間食もせずおなかを空《す》かせてきてしまった。

玄関脇の呼び鈴を押して待っていると、出てきたのは熊野だった。

「やあ、小鹿さん。いいものがあるよ」

そう言って、熊野は千春を住居スペースではなく、店舗の方へ通した。店内には、休みのはずなのに良い匂いが漂っている……が、ちょっと煙たい。

ユウは店の厨房《ちゅうぼう》で作業中だった。コンロの上に網を置いて、何か焼いている。

彼は千春を見て、申し訳なさそうな顔をした。

「すみません、換気はしてるんですけど」

「いえ、これって……」

千春はどきどきしながら尋ねた。ユウの答えを待たずに手元を覗《のぞ》き込む。

網の上に殻付きの牡蠣《かき》が置かれて、じゅわ、パチパチッと美味《おい》しそうな音を立てていた。

「やっぱり〜！　焼き牡蠣ですね」

「ショウヘイさんが送ってくれたんですよ」

牡蠣を送ってくれる『ショウヘイさん』といえば、ユウが東京で働いていた頃からの彼のファン・華田将平《はなだしょうへい》のことだ。彼が暮らす厚岸《あっけし》では、一年中、本来は牡蠣の季節ではない夏にも美味しい真牡蠣を出荷している。

「生食できるやつだから生牡蠣もあるよ」

厨房に入って軍手をした熊野が器用にナイフ一本で殻を開けていく。太った身がぷるんと姿を現すのを見て、千春は思わず歓声を上げる。

「わーわーっ」

「黒川さんも仕事帰りに寄るって。小鹿さんは焼けたやつ和室持っていってね。レモンもあるから切って出しといて」

「はーい！」

良い返事だねえと言って熊野は笑っていた。

将平が送ってくれた牡蠣は味が濃くて、生食でも焼いても美味しい。

千春は特に殻の上の生牡蠣にレモンを垂らし、殻に口を寄せてするっと啜《すす》るように食べるのが好きだ。濃厚な牡蠣にレモンの香りが爽《さわ》やかな風味を添えている。口に含むと、鼻から磯の香りが抜けて、海にいるみたいだ。

「美味しい〜」

遅れてやってきた黒川も、美味しい美味しいと繰り返して次々牡蠣を食べている。熊野は日本酒を飲みながらだ。それもいいなあと思いつつ、千春は明日《あした》も早めのシフトであることを考えるとあまり深酒もできない……。

「将平さんお元気なんですか？　連絡取ってます？」

千春に問われて、ユウは答えた。

「元気そうですよ。手紙もくれたんです。あの人筆まめなんですよ」

「メールとかじゃないんですね……」

ユウが持ってきてくれた手紙を見て、千春はまた驚いた。風格ある書体だ。習字か何か習っていたのだろうか。

「綺麗な字ですね」

「達筆なんですよね。将平さん、東京のお知り合いの方にうちのお店紹介してくれたみたいで、ナンバ様とおっしゃるんですけど、今度その方がいらっしゃるそうです」

「えっ、くま弁の弁当のために？」

「まさか。観光の途中で立ち寄ってくださるんですよ」

ユウはそう言ったが、将平は実際にユウの弁当のために東京から札幌まで来ている
から、そういう客がいてもおかしくない気がしていた。

「へえ、じゃあ牡蠣の分はもてなしてあげないとね」

また牡蠣を一つ平らげた黒川がそう言った。

ユウが黒川の皿を一瞥《いちべつ》して言い返す。

「その理屈だと黒川さんももてなすことになりますよ。一番食べてるでしょう」

「！　罠《わな》にはめたの!?」

「勝手にばくばく食べてるだけじゃないですか」

千春は二人の会話にハッとして、自分が食べた牡蠣の殻を数えてみた。黒川ほどで
はないが、ユウと同じくらい食べている。

「おもてなしって特別なことするんですか？　私、札幌観光くらいなら……」

ユウは千春の言葉を聞いて吹き出した。

「いいんですよ、千春さん。将平さんは、特には必要ないと言ってますし。ただ、美

味しいお弁当を作ってほしいというお話でした」

「なあんだ、じゃあユウ君に任せておけば安心だね」

黒川はあっけらかんとした様子だ。

適当そうな黒川の口ぶりにユウは一瞬顔をしかめた。

黒川はその眉間《みけん》をついて、信頼してるんだよ〜とまた適当なことを言ったので、皿の上の最後の生牡蠣をユウに取られていた。

❄

金曜の夜ともなれば、すすきの駅ほどの賑《にぎ》わいではないにしろ、豊水すすきの駅近辺も人の通りが途切れることはない。

今日も仕事帰りにくま弁に向かうべく千春が信号待ちをしていると、隣のカップルが何か言い合い始めた。

「こっちだって」

「でも地図だと……」

「いや、こっちだよ。ほら、このガイドブックの地図だとこういってこうだし」

「そのガイドブックが間違ってるかも……」

「間違わないでしょ、普通」

ん、と千春は引っかかった。以前熊野が、ガイドブックに載っていたくま弁の場所が間違っていたとぼやいていたのだ。

くま弁へは豊水すすきの駅から徒歩五分。

そしてここは豊水すすきの駅のすぐ近く。

千春はカップルに目を向けた。

男性の方は二十歳前後、女性の方はたぶん三十手前。男性は背が高く、結構筋肉質に見えた。女性も背が高く、緩くパーマを当てた髪を一つにまとめ、低めの位置でいわゆるポニーテールにしている。どちらも動きやすそうなラフな恰好《かっこう》だ。

そして、その男性の方が、確かに以前熊野がぼやいていたガイドブックを携えていた。

しかも開かれているのは、まさにくま弁のページだ。

「あ」

思わず声が出た。

男性の方が千春に気付いて振り返った。

ぱっちり目が合ってしまった。

男性は不審そうな顔で、何か、と尋ねてきた。

千春は確かに今の自分は不審者みたいだなと思いつつも、話すことにした。

「すみません、あの、いきなり申し訳ないんですが、もしかしてお弁当屋さんのくま弁をお探しでしょうか？」

その問いに答えたのは女性の方だった。

「えっ、ええ、そうですが」

「そのガイドブックのくま弁、地図が間違っているんです」

「えっ」

「本当はこの辺……この通りの二軒目なので、ここで曲がるんです」

千春はガイドブックの地図上で正しい道を指し示した。

「あ、やっぱりそうですよね、スマホの地図と、ガイドブックの地図で、お店の場所が違っていて……教えてくださってありがとうございます」

女性の方がお礼を言ってくれたが、男性の方は疑わしげな目で地図と千春を比べている。

「でもガイドブックが間違ってるなんてあるかなあ？」

気持ちはわかるが、人の手で作られているんだからミスくらいあるだろう。

「ちょっと、やめなさいよカズマ。親切に教えてくださったんだから」

「いや、俺はさ、姉ちゃん――」

おや、姉弟《きょうだい》だったのか。

そういえば顔立ちも似た雰囲気がある。どちらも面長で、すっと通った鼻梁《びりょう》が似ている。

「すみません、教えてくださってありがとうございます」

「いえ……実は私もこれから行くところなので」

「あら、そうだったんですか」

「もしよかったらご案内しますよ。そんなに迷うようなところじゃないですけど」

カズマと呼ばれていた男性の方はバツの悪そうな顔をしていたが、女性の方は喜んで千春の申し出を受けた。

千春が女性と並んで歩き、その後ろを男性が歩いた。

姉弟で関東から旅行に来て、函館《はこだて》などを観光してきたのだと女性は道すがら話してくれた。

「ご姉弟でご旅行ですか、素敵ですね」

女性は少し恥ずかしそうだった。

「いえ……もう、大学生なんだから、好きな子でも友達でも誘って行けばいいのにって言ったんですけど」

「それじゃ意味ないだろ、お祝いなんだからさ」

黙って後ろを歩いていた男性が口を挟んだ。

「お祝い？」

「姉のお祝いです」

そう言って、彼は誇らしげな表情で姉を見つめた。

「司法試験合格の。今は法律事務所で働いているんです」

「わあ、おめでとうございます！」

「いや、そんな……」

女性は謙遜《けんそん》しているのか照れているのか、手と頭を同時に振った。

だがカズマはますます嬉《うれ》しそうに、にやりと笑った。

「昔っから、美人で頭も切れる自慢の姉だったんです。これで俺が何かの間違いか濡《ぬ》れ衣《ぎぬ》で逮捕されたりしても安心ですよ。姉が弁護してくれますから」

「ちょっと、変なこと言わないでよ」

「ただの冗談だって」

「それで、お祝いに北海道旅行ですか。いい弟さんですねえ」

千春がそう言うと、姉ではなく弟の方が話に乗ってきた。

「姉は北海道旅行がしたいって前から言ってたんです。料理が趣味で、食べるのも好きで。だから北海道で色々美味《おい》しいもの食べさせたくて」

「ああ〜、それでくま弁にも？」

「ええ、知人にも紹介されて」

あれっ、まさか、と思いつつ、千春は念のため確認してみた。

「あの〜。その知人って、華田さんっていいません……よね？」

「華田将平君？　ご存じなんですか？」

今度反応したのは姉の方だった。

「あ、そうです！　この前店長さんから将平さんの紹介でお客さんいらっしゃるって聞いて——実は私もお店で将平さんと会っているんです」

「わあ、そうだったんですか！」

女性はナンバミマ——南波美馬と名乗り、将平とは知人の紹介で知り合ったと言った。お互い食べ歩きが趣味で気が合い、好きな店を教え合う仲らしい。

「東京で大上《おおかみ》さんがやっていたお店にも行ったことあるんですよ。勿論《もちろん》将平君の紹介で。好きすぎてあんまり人に教えたくないとか言ってて、なかなか連れていってくれなかったんですけど。でもほんと、美味しかったなあ。特に自家製の豚タンのハムが最高でしたね～」

自家製ハム、美味しそうだ……千春はあふれ出るよだれを密《ひそ》かに飲み込んだ。

弟のカズマ――一番の馬で一馬だと本人が説明してくれた――がまた話を継いだ。

「雑誌のお弁当屋さん特集にも出ているの見たんですけど、魔法のお弁当っていうのがあるんですよね？　お客さんの希望をかなえてくれる……」

「ああ、魔法って言うと、ユ……大上さん、恐縮しちゃうんですけど」

千春は笑って言ったが、どうも一馬は真剣な様子だった。

「なんて注文しようかずっと考えてたんですよね。僕たち、明日《あした》帰るんで、機内で食べようと思っていて」

「ああ、なるほど」

千春は空港で空弁として売られているものを思い浮かべた。カツサンドとか、コンパクトなかに弁当とか……機内で食べるから匂いがきつくないとか、食べやすいとか、そういった多少の制限があるはずだ。

「北海道での経験をもう一度よみがえらせるような、より印象づけるような……そういうやつがいいなあって思っているんです。この旅行の総仕上げにしたいんですよ。何しろ姉のお祝いなんで！」

おお、すごい意気込みだ。

確かに帰りの空弁は旅行の最後に食べる食事になる。思い出に残るものを……という気持ちは千春も共感できた。

姉の試験合格を最高の思い出に残る形でお祝いしてあげたいのだろう。

だが、美馬の方はそんな弟にブレーキをかけようとした。

「私は、そんな……もう十分よ、色々連れていってくれたでしょ。大上さんに無理言うのも悪いし、そんなに豪勢なものじゃなくても……」

「いや、まだ北海道を食べ尽くしたわけじゃないからね。滞在日数が足りないし」

「広いですもんね、北海道」

千春の言葉に、一馬は頷《うなず》く。

「そうなんですよ。姉が華田さんのオススメだからって北海道行きたいって言ってたんですけど、どうせなら楽しんで欲しいじゃないですか。それで色々調べて計画して。ウニ、いくら、かにに始まって、函館の朝市でイカ、十勝《とかち》の豚丼に、旭川《あさひかわ》でラーメン食べて……で、札幌に戻ってきたところです」

「良い弟さんですねえ」

感心して千春は姉の美馬を見やった。彼女は笑っていたが、なんとなく、頬の辺りが引きつった、ぎこちない表情に見えた。

そうこうするうちに、古着屋と焼き鳥屋に挟まれて、くま弁の赤い庇《ひさし》テントが見えてきた。

「あれですよ」

庇テントの熊のイラストが今日も千春を迎えてくれる。

初めて見た時は、ちょっと不細工だな……なんて思っていたこの熊が、毎日のように見ているとだんだん馴染《なじ》んできて、今ではすっかり可愛く思える。

「どうもありがとうございました」

美馬が千春に丁寧に礼を言った。

「いえいえ、お話しできてよかったです。明日はもう帰るだけですか？」

「少し千歳の方を見たいとは思っていて——」

千春と美馬が話しているうちに、二人を追い越した一馬がさっと店に入った。

「いらっしゃいませ」

時刻は二十一時。

店内には二人連れの客がいた。彼らの会計を桂がしていて、ユウが一馬の対応をする。

「ご注文お決まりでしたらどうぞ」

「僕、華田さんに紹介してもらってきたんですが」

そう言った弟の後ろから、美馬が声をかけた。

「あの、大上さん、私南波美馬と……」

「ああ！　南波様、このたびはわざわざお立ち寄りくださってありがとうございます。迷いませんでしたか？」

ユウは、一馬が持つガイドブックに気付いた様子だった。

一馬は千春を見やる。

「駅前でこちらの方に教えてもらって……」

「そうだったんですか、小鹿様、ありがとうございます」

いえいえ……と千春は恐縮する。

「最初はいきなり声かけられたのでナンパかと思いましたけど」

冗談のつもりなのか、一馬はそう言った。

「ちょっと一馬！」

「あ、この場合は逆ナンか」

ユウは穏やかに笑っているが、千春は笑えない。

「ナンパじゃないです！」

「いや、でも実際声かけられて――」

「声かけましたけど、道に迷ってるのかなあって思っただけで――」

「普通道教えてくれても一緒には来てくれませんよ」

「だからそれは私も店に行くつもりだったからで！」

「一馬、いい加減にしなさい。失礼だし、ご迷惑でしょう」

美馬にそう言われて、一馬はようやく、冗談ですよ、と笑った。

「逆ナンだったらいいなあってちょっと思っちゃって」

「!?」

「あんたの妄想に初対面の女性を巻き込むんじゃないの」

美馬は、弟が迷惑をかけたことを謝ってくれたが、千春は動転したままだ。

ユウの様子を窺《うかが》ったが、別に普段と変わりはない、気がする。

接客中に彼が私的な感情を出すようなことはまずないだろうから、当然といえば当然なのだろうが、少し、そう、少しだけ、寂しい。

一馬はカウンターに肘《ひじ》をついて、身を乗り出した。

「それで、注文いいですか？　魔法の弁当っていうの、あるんですよね？」

「一馬、無理は――」

姉が一馬の肘を引いたが、一馬は続けた。

「空弁作って欲しいんです」

これまで、魔法の弁当というフレーズのせいで無理難題をふっかけてきた客もいたが、それに比べれば至って普通の注文だろう。

ちなみに空弁というと普通は空港で売っているもののことを指すはずだが、ユウにも意味は通じたようだ。

「空弁ということは、機内でお召し上がりでしょうか」

「そうなんです。北海道旅行最後の食事なんで、思い出に残るものがいいんです。できるだけ豪勢な感じで」

「一馬、あの……」

姉が何か言いかけたが、一馬は聞こえていない様子だった。

「北海道の味覚を凝縮したようなもので。具体的には――ラーメンとか」

ん？

千春は聞き間違いかと思ったが、確かに彼はそう言った。

店内にいた誰もが同じ思いだったらしく、隣で会計していた客も、千春も、ユウも、一瞬止まった。気にしていなかったのは、レジを打っている柱くらいのものだろう。

彼はそもそも聞いていなかったのか、いつも通り客に釣り銭を渡し、相手がちょっとぼうっとしているのを見て不思議そうにしていた。

「あと、スープカレーと、ジンギスカンと……そういうの、全部まるっと詰め込んだみたいなものを！」

全部まるっと？

一馬は本気のようすだった。

「一馬、やめなさいって言ったでしょう……」

姉の声には諦《あきら》めが滲《にじ》んでいた。

「いや、これは大事なことだから。だって旅の仕上げなんだからさ」

「空弁でラーメンって伸びるでしょう……」

「そこをなんとかしてくれるのが大上さんなんでしょう？　華田さんがそう言ってたって姉ちゃん話してくれただろ」

一馬はユウに切々と訴えた。

「いや、勿論《もちろん》、無理を言って困らせたいってわけじゃないんですよ。ただ、本当にそういう弁当を作って欲しいんです。旅行者の夢が詰まったみたいな弁当！」

まあ……真剣な眼差《まなざ》しではある。余計悪い気がしたが。

「私はいいって、そんな無理言わないで！」

もう悲鳴のような声で、美馬は叫んだ。

だが、一馬はそれを一笑した。

「姉ちゃんはほんと謙虚だからなあ。いいんだよ、祝わせてくれよ」

「でも、もう十分食べたし、あとはゆっくりと一馬と話でもしながら帰れたら、それで……」

「北海道らしい弁当の方が話が弾むって！」

「うん、それはわかるけど……」

「うちの姉、すぐ遠慮しちゃって。美味《おい》しいおかずほど俺に分けちゃうんですよ。食べなよって」

「優しいお姉様ですね」

ユウもにこにこ笑って言った。

「このたびはどのようなお祝いでしょうか?」

「いやあ、実はうちの姉が司法試験合格して、念願の弁護士になったんですよ」

語る一馬は誇らしげで、美馬は恥じ入ったように俯《うつむ》いた。たぶん、毎回のように繰り返されている会話なのだろう。

「昔から、俺はトラブルが多くて。小学生の頃なんか、いじめっ子に抵抗したら、そいつが俺のせいで怪我したって騒いで。実のところはそいつがその前に教室でボール遊びしてて自分で怪我してたんですけどね、俺のせいにしてきて、親が呼び出されたんです。それをうちの姉が、当時高校生だったんですけど、姉だけが信じてくれて、励ましてくれて。俺、姉に手伝ってもらって、見てたクラスメートの話集めて、怪我は休み時間のボール遊びが原因だって突き止めて、相手の親も学校もやっと俺が正しかったって認めてくれたんです」

「もう、その話やめてよ……」

美馬は一馬の服の裾《すそ》を引いて訴えたが、一馬は首を振った。

「何言ってんの姉ちゃん。そん時さ、姉ちゃん言っただろ。俺みたいな人間が割を食うのは間違ってるって。自分は弁護士になって、困ってる弱い立場の人を守りたいって」

おお……と思わず千春は声が漏れた。青臭いと言う人もいるかもしれないが、若々しい、まっすぐな熱意が感じられる言葉だ。美馬は羞恥《しゅうち》にもだえているのか顔を手で覆って身をよじっている。

「や、やめてえ……高校生の時の話でしょ……」

「いやいや、姉ちゃん、いい話だってみんな言うよ？」

「それ以外コメントのしようがないだけじゃない……」

「そんなことねえよ、俺さ、いつも辛《つら》いことあった時、あの時のこと思い出すんだから。姉ちゃんは、努力して、いっぱい勉強して、夢を叶《かな》えようとしてる……そして、ついに叶えたんだ。そんな姉ちゃんが俺を信じてくれてるんだから、だから何があっても大丈夫だって思えるんだ。あの思い出がさ、俺の、土台みたいなもんだよ。俺を支えてくれるんだ」

自分の言葉が思いのほか熱を帯びてしまったことに照れたのか、一馬は頭を掻《か》いて笑った。

「ずっと、励みにしてきたんですね」

千春が言うと、一馬は照れて姉が先ほどしていたようにもじもじと身をよじった。

ちなみに姉の方はすでに息も絶え絶えの様子で、ただ顔を手で覆って震えている。

　照れながらも一馬はユウに言った。

「いやあ……えーと、それじゃ、さっき言ったみたいな感じでお願いします。明日《あした》の十八時頃に取りに来ますね」

「かしこまりました。十八時にお待ちしております」

「楽しみにしてます！」

　一馬の方は満足そうだが、店を出ようとする彼を見て、姉の方は何か言いたげに口をぱくぱく動かす。

　だが、結局言い出せずに申し訳なさそうな視線をユウに向ける。

　ユウが、にこりと美馬に微笑みかけた。

「そのバッグチャーム、将平さんのところの製品ですか？」

　言われて千春も気付いたが、美馬はショルダーバッグに金属製のチャームをつけていた。猫モチーフで、目のところには小さな緑色の石がはめ込まれている。

「ああ、これは……将平君の描く猫に似ていたので、思わず……」

　将平はアパレル会社を経営していたことがあり、そのときの主力商品が猫の刺繍《ししゅう》入りのジャージだ。

　美馬の言う通り、そのチャームの猫は、彼が描くのびをする猫によく似ている。

「可愛いですね」

千春が声をかけると、美馬は恥ずかしそうに言った。

「実は猫グッズ集めが好きで……将平君のジャージもすごく可愛くて」

「あー、あれ可愛いですよね。猫ちゃんの刺繍」

「そうなんですよ〜。あ、私がま口作ってもらったんですよ、将平君にお願いして」

「えっ」

見せて欲しい、と千春がお願いしそうになった時、一馬がちょっと困ったような声で言った。

「姉ちゃん、また猫グッズ自慢するの？」

千春も将平の猫のデザインは好きだし、自慢してもらいたいくらいなのだが、どうも一馬は興味のない猫の話が続くのにうんざりしている様子だった。

ふと、千春はユウを見やった。視線を感じたのだ。

ユウは千春を見て何か言いたげだ——ちら、と美馬を見て、また千春を見る。

ピンとくるものがあって、千春は美馬に誘いかけた。

「あ……あの、よかったら、何かの縁ですし、ちょっとお話しできませんか？　将平さん、最近お元気ですか？　がま口もよかったら見せてもらいたいんですが……」

美馬は千春の意図を察したのか、ぱっと明るい笑顔を作った。

「ええ、ええ、勿論です。この前は——あ、一馬、先にホテル戻ってていいわよ」

「はいはい」

一馬は、そう言われるのを待っていたように、さっと店を出て行った。

自動ドアが閉まり、一馬の姿が見えなくなるまで見送ってから、美馬は溜《た》め息を漏らし、ユウは千春に礼を言った。

「ありがとうございます、千春さん。僕が声をかけて引き留めるより、女性同士の方がいいかなと……」

「ええ、うまくいってよかったです」

美馬はユウを振り返り、弟が無茶を言ってしまって」

「すみません、弟が無茶を言ってしまって」

「いえ、いいんですよ。詳しくお話伺ってもいいですか？」

申し訳なさそうに眉《まゆ》を寄せて、美馬は頷《うなず》いた。

休憩室に通された美馬は、出された茶を前に俯いていた。

「昔はほんと可愛かったんです。小柄で、女の子みたいな顔してて、でもそのせいで近所のガキ大将みたいなのに目をつけられて。私がいつも助けて、あの子も私の後をついて回っていて。それで、たぶん、私に恩を感じてるみたいで……今はあんな大きくなって、全然かわいげもなくなってるんですけど」

中学校入学後ぐんぐん背が伸びた一馬は、中高とバレーボールに打ち込み、春には大学入学。実家を出て一人暮らしを始めた。

「それで、ある日実家に帰ってきたと思ったら、遅くなったけどお祝いをしたいって言って、旅行を計画してくれて……それはすごく嬉《うれ》しいんです。だって、やっぱり小さい頃みたいに、私の後をついて回るとか、私の真似するとか、そんなことはもうなくなっていて……それでも、私のこと慕ってくれているのかなと思えて……嬉しいんですけど……」

「……けど？」

「……私、あの子の気持ちにふさわしい人間じゃないんです……」

随分と自己評価が低そうな発言だ。

千春は思わずユウと顔を見合わせた。

「えっと……でも、弟さんはお姉さんのこと本当に尊敬してて、自慢してるっていうのが伝わってきて……気恥ずかしいかもしれませんけど、弟さんがあれだけ慕ってくれるんですから、自分にもっと自信を持ってもいいんじゃないでしょうか……？」

「いえ、でも……」

そう言ったきり、美馬は言葉を切ってしまう。俯《うつむ》いて唇を噛《か》み、ただ茶の面を見つめている。

しばらくして、やっと彼女は口を開いた。

「とにかく、私をお祝いすることなんてないんです。こんなことのために大上さんを煩わせるのも申し訳ないですし、豪勢なお弁当なんていりません。ですから、お願いですから、弟の頼みはなかったことにしてください。弟には私から言っておきます」

なかったことに……。

千春はユウを見やった。千春も想像していたが、やはりユウは、美馬を見つめて、きっぱりと言った。

「お弁当、お作りします」

「でも……」

「当店のお弁当を不要だとおっしゃるなら別ですが、僕を煩わせるなんてこと、気になさらないでください。北海道旅行最後の食事を任せていただけるなんて光栄です。作らせてくださいませんか？」

そう言って、彼は微笑む。人当たりのよい、包み込むような笑みで。

そうまで言われては、美馬も断れなかったのだろう。

彼女は困り顔で俯いて、わかりました、と消沈した声で答えた。


美馬が出て行った後、千春は自動ドアを眺めつつ首を捻《ひね》った。

「なんか……変な話ですね。弟さんの注文は確かに無茶でしたけど、お姉さんもだからってあそこまで言って断らなくても……」

私をお祝いすることなんてない、とまで言うとは、随分卑下したものだ。

「無茶な注文をする方、というのはいらっしゃいます」

他の客が会計を終えていなくなると、ユウは千春にそう語った。

「だいたい二種類の方がいて、無茶とわかっていて店を困らせるために注文する方と、無茶だとかなんだとか考えず、自分の欲求に忠実な方。この場合は後者だと思うんです。本当にそうお望みなら、できるだけ対応したいなあと僕は思いますね。勿論《もちろん》、本当に無理なことはありますけど」

「……かにとか？」

以前千春は何が食べたいかとユウに問われてかにと答えたのだ。それでも彼は最終的に千春の望みを叶《かな》えてくれたのだが——かに弁当以外の方法で。

「そう、かにとか。今回の、スープカレーとかラーメンとかジンギスカンとかも、持ち運びや、機内で食べることを考えると、現実的ではないリクエストでしょう。機内では匂いも少ない方がいいでしょうし、汁物は危ないでしょうから。ただ、弟様がお姉様を本当に慕っている、自慢の姉なのだなというのは伝わってきました。北海道旅行の思い出を作りたいというのは、本心でしょうね」

「じゃあ、お姉さんの方は？　美馬さんは、豪勢なお弁当なんていらないって言ってましたよ。遠慮しているのか、自己評価が低いのかわかりませんけど、その気持ちは……」

「その気持ちも、大事にしたいとは思いますよ」

「…………どっちも？」

「どちらも、大事なお客様ですから」

ユウは笑ってそう言う。

そりゃ、大事なお客だろうというのはわかるが、相反する意見を持つ相手に、どういう弁当を作るというのか。

「……あ、お弁当二種類作るとか？」

「それじゃ、弟様が納得なさらないでしょう。お姉様のお祝いなんですから」

「そっか……」

千春は唸《うな》って考えるが、よい考えは浮かばない。ユウのように察しがいいわけではないのだ。

「………ユウさんは、どんなお弁当作るかもう決めてます？」

「まあ……そうですね」

曖昧《あいまい》に言って、ユウはカウンター上に置かれたカレンダーを指さした。くま弁の定休日が赤丸で囲まれている、数字と曜日だけのシンプルなものだ。

「九月といえば？」

千春は突然の問いかけに驚いて、必死で考えた。

「……さ、サンマが美味《おい》しいです」

「確かにサンマが美味しいですね！」

だが、どうやら今回はサンマではないらしい。

千春はしばらく考えたが、どうも思いつかない。

「降参です。何使うんですか？」

「さて、どれを使いましょうね」

「………？」

今の言い方だと、たくさんあるものの中からどれを使うか、ということになる。九月に旬をむかえるものが色々あるということだろうか。いや、今の言い方だと、それだけではないような気がするが……。

「……とりあえず、今日はサンマ入ったお弁当ください……」

千春はそう言って、空腹という卑近な問題を解決することにした。

❄

牡蠣《かき》を食べさせてもらった以上、千春も美馬と一馬に対して責任を感じていた。ユウは気にするなとは言っていたが、やっぱり、食べた以上は働いた方が良い気がする。

とはいえ実際に何をするのかという話になると何も思い浮かばなかったので、千春はせめて休憩室に通された南波姉弟《きょうだい》にお茶を出した。

「あ、どうも」

弟の一馬がそう言って茶を手に取り、熱さに一瞬手を離し、今度は慎重に湯飲みを取って啜《すす》った。

約束の十八時だ。

前日店を出た時と同様、一馬は熱意に溢《あふ》れていて、美馬は隣で落ち着かない様子だった。

「楽しみだねえ、姉ちゃん！」

「えっ、あ、うん……」

そのとき、ユウが休憩室にお弁当を持って入ってきた。

「お待たせいたしました、こちらがご注文のお弁当になります。ご確認ください」

千春たちの前に膝《ひざ》を突き、弁当箱をちゃぶ台に置いて、蓋《ふた》を取る。

中身を確認した二人の表情がみるみる変わる。

一馬は一瞬きょとんとして、それから不満げに眉《まゆ》をひそめ、美馬は驚いて目を見開き、不安そうに弟をちらっと見た。

「これ、注文と全然違うんですけど」

弁当箱は機内で食べることを考えてかやや小ぶりで、九桝《ます》に区切られ、うち三つにご飯、残りにおかずが詰められている。おかずもたらこや昆布の佃煮《つくだに》、玉子焼き、きんぴら、ひじき煮などの地味めの副菜が多い。メインはよく味が染みていそうな鮭の南蛮漬けとからっと揚がったザンギで、それはそれで美味しそうだったが、カレーもラーメンもジンギスカンも見当たらない。

白いご飯は、俵状に握られて、白ごまがかけてあるもの、梅干しの叩《たた》いたのが載せてあるもの、おぼろ昆布が巻いてあるものの三種類六個だ。

確かに、一馬の注文は全然くみ取られていないように見える。

「ラーメンとか、スープカレーとか、ジンギスカンとか。何もないですよ、期待してたのに」

「北海道の秋の味覚をお詰めしました」

「いや、鮭入れればいいってもんじゃないでしょう、秋の味覚って言ったたって」

「いえ、メインはこちらのご飯です」

よく見ると、俵状に握られたご飯に小さなフィルムシートが添えてある。

一馬がシートを一枚取り上げて読み上げた。

「ふっくりんこ、新米……函館……精米日……」

「！　新米！」

千春は思わず声を上げた。

そうか、九月といえば新米の季節だったのか。

ふっくりんこは道南の方で育てられている米の品種だ。

「ということは……」

千春が弁当を覗《のぞ》き込む。さすがに他人の弁当をつくことはできないから確かめようがないが、他のフィルムシートにも産地や品種が書かれているはずだ。

「はい、こちらから順に、砂川《すながわ》のゆめぴりか、函館のふっくりんこ、ななつぼしは新《しん》篠津《しのつ》産。その隣が北空知《きたそらち》のきらら397、ほしのゆめ、おぼろづき、すべて新米です」

「全部北海道産のお米なんですか？　色々あるんですね」

意外そうに一馬が呟《つぶや》き、他のシートも見ようと弁当を覗き込んだ。

「一番歴史が古いのはきらら397で、これが流通するようになって、北海道のお米が味の面でも評価されるようになったそうです。やや硬めのしっかりした食感です。ほしのゆめはきらら397とあきたこまちの掛け合わせで、こちらはきらら397よりやや柔らかめであっさりした味わい、おぼろづきは粘りが特徴で、冷めても硬くなりにくいですね。ななつぼしはバランスがよく、食味も豊かで、今一番流通している品種です」

ユウが説明すると、話を聞いていた熊野も頷《うなず》いた。

「きららが出た時は結構話題になってましたよ。平成の初め頃ですねえ。そこから品種改良が進んで、最近の品種は本当に美味しくなりましたね」
千春も話に加わった。
「そうなんですか、今は東京でもゆめぴりかとか結構高めのお値段で売られてて……
私はななつぼし好きですよ、ゆめぴりかほど高くなくて、でも美味しいです」
「俺はおぼろづきもなかなかいいと思うんだよね、お弁当向きっていうかさ」
「ちなみに当店ではゆめぴりかを使うことが多いですね。仕入れにもよりますが」
ユウがそう言い、千春は普段のくま弁のご飯を思い出して大きく頷いた。
「もちもちした感じが強くて、甘みもあって美味しいんですよねえ、ゆめぴりか……。
それにしても面白いですね。北海道米ってスーパーでも色々ありますけど、こういう
風に少量ずつ食べ比べできることってないですもんね」
スーパーマーケットで値段とにらめっこしながら米を選ぶ時、試食できればなあと
思ったことがある。自宅では食べ比べなんてなかなかできないし、こうしてお弁当と
してまとまっていると、ちょっとずつ味わえて楽しめそうだ。
「そうですね、せっかく北海道にいらしたので、地元のものを食べていただきたいと
いうのと、どうせなら一緒に食べて味比べをしてもらったら面白いんじゃないかなと
思いました。どの銘柄が好みかは人にもよりますし、旅の最後にそういう話題で盛り

上がれれば、それもまた、旅の思い出になるのではないでしょうか」

「思い出……」

そう言われて、一馬の心は動かされたようだった。

「南波様ご姉弟の仲はとてもよいように見受けられました。旅行の同行者というのは旅行中ずっと一緒に過ごすことになります。気の置けない、しかし普段は一緒にいるわけではない相手との、旅先ならではの会話を楽しむのも、旅行の醍醐味《だいごみ》ではないでしょうか。このお弁当がそのきっかけとなりましたら幸いです」

一馬は弁当をじっと見つめていたかと思うと、顔を上げて笑顔を見せた。

「確かに、そうですね。北海道米がこんなにあるなんて知らなかったし。新米、ってところがいいですね。姉も新米の弁護士なんで、そこにかけてあるみたいで！」

なるほど、そっちの『新米』か。と千春は感心する。

だが、肝心の美馬は、と見ると、表情を曇らせ、俯《うつむ》いて手元ばかり見ている。

一馬の方は興味津々で、残る品種についてユウに尋ねた。

「じゃあ、このふっくりんこというのは？」

「ふっくりんこは道南で栽培されていて、流通量が少ないので、たぶん道外のスーパーなどではあまり見かけないのではないかなと思います。これも美味《おい》しいですよ！

ふっくらしていて、一粒一粒の食感が良いと思います」

「なるほど……」

熊野が姉弟《きょうだい》に語りかけた。

「きららが出る前は、北海道でお米作っても評判悪かったんですよ。農家の人は悔しい思いしたんじゃないかなあ。昔は道内でもあんまり道産米って食べてなかったんですけど、今じゃ道産米食べてる人、ずっと多くなりましたよ。美味しくなったなあって、私も感じますね。自信を持って、店で出せますから」

弁当のご飯を見る熊野の目は、誇らしげで、昔を思い出しているのか、少し懐かしそうだった。

ユウがその話を継いだ。

「そもそも、北海道は寒すぎて、稲作に適さないとされていたんです。開拓の頃は、入植者は稲作を禁じられていたそうです。それでも、苗を植えて、なんとか育てようとしてきたんですね。それが、今の美味しいお米に繋《つな》がっているんです」

千春はその話に感心して、改めて弁当のご飯を見た。つやつや、ふっくら、それぞれの特徴を活かして、美味しく炊き上がったご飯たち。ここに至るまでの歴史とか、生産者の苦労を思うと、よりいっそうありがたく美味しくいただきたいという使命感のようなものが芽生えてくる。

「へえー、そういうふうに言われると、普通の白いご飯もすごく贅沢《ぜいたく》なものなんだなって思えますね。ありがとうございます！　なあ、姉ちゃん――」

一馬は姉を振り返り、そこで彼女の様子に気付いた。

美馬は、ずっと押し黙って、手元ばかり見ている。

「姉ちゃん？」

「どうして……」

美馬は絞り出すような声でそう言った。

「どうして、こんなお弁当作ったんですか？　私、こんな……惨めになる……」

惨め――どうしてそんな言葉が出てくるのか。

いったい、何があって、彼女はこんなに自分を否定しているんだろう。

千春まで悲しくなってくる。

弟の一馬は驚いて姉を見つめている。

ユウは、美馬の問いに答える形で、静かに説明した。

「まず、観光でいらしたということなので、北海道の知らなかった一面を知って帰っていただきたいなと思いました。それが、弟様の、思い出に残るお弁当という物に繫がると思いましたので。そして、どのような事情がおありなのかはわかりませんが、美馬様は豪勢なお料理は自分にふさわしくないと悩んでおいででした。そこで、白いご飯なら、お気持ちに寄り添えるのかなと考えました」

「そんな……私には、やっぱり眩《まぶ》しすぎます。だって、努力の積み重ねの結果が今のお米なんでしょう？」

「はい。弁当屋である当店においては、白いご飯は基本的な、とても大事な土台にあたる部分です。基本に立ち返ることは、悩みの中にあっても意味があることだと思います。結局、悩んで、最後に戻ってくる場所というのは、そういうところなのだと思うんです——一馬様もおっしゃっていました。辛《つら》いことがあった時は、お姉様との思い出に立ち返るのだと。美馬様は、一馬様の支えになっているんです。このお弁当にふさわしくないとは僕は思いません」

美馬はうなだれて首を振る。

「私には、立ち返るべき『土台』なんてないです……ないんです」

「そんなことありませんよ」

美馬は顔を上げる。顔には深い苦悩の皺《しわ》がある。ユウは対照的に穏やかに微笑む。

「美馬様には、こんなに素敵なご家族がいらっしゃいます」

「そうですよね。これだけ弟さんに慕われているんですから」

千春も励ますというよりは、心から思ったことを口にした。

自信がないとか、自分に否定的になってしまうとか、後ろ向きな思考に陥りやすい千春にもよくあることだ。

だが、自分を大事にしてくれる人たちのことを考えると、私ももっと自分を認めようと素直に思える。

一馬は、美馬にとってのそんな存在のはずだ。

美馬は戸惑いながらも一馬を見やった。目が合って、一馬はにっと笑った。

「そうだよ！　姉ちゃん、何悩んでんだよ。せっかくこうして旅行してるんだし、色々話そうよ！」

「一馬……」

美馬は悲しそうな顔で一馬を見つめる。その目に涙が溜《た》まりつつあるのを見て、一馬はぎょっとした。

「ごめんね、一馬」

美馬は鼻の頭を赤くして言った。

「私、司法試験落ちたの……」

「…………………は？」

一馬は、かぱっと口を開けて、そう聞き返していた。

美馬は何度かつかえながらも、説明した。

「法律事務所で働いているのは本当よ、でもバイトとしてなの。一馬に試験どうだったか訊《き》かれて、答えをはぐらかしているうちに、仕事の話になって……それで、法律事務所で働いてるって言ったら、一馬は私が弁護士として働いてるってことだって思ったみたいで、おめでとうって言ってきて。私も、訂正しないとって思いながらも、ずるずると……」

ずるずると、北海道までお祝い旅行に来てしまったのか……。

「本当はバイトしながら勉強しようと思って、司法試験の勉強に配慮してもらえる事務所を選んだつもりだったけど、実際は仕事も忙しいし、勉強する時間も取れないし……合否発表今月あったけど、結局今年も落ちてたの……五年しか受験資格ないのに、三年目も駄目だったのよ」

「な……なんで早く言ってくれなかったの？」

唖然《あぜん》とした一馬に問われて、美馬は真っ赤な顔で涙目になりながらも告白した。

「だって言いづらかったのよ！　言おうと思っているうちにお祝いするとかいう話に

なるし。旅行まで計画してくれて……！　今年受かってたら嘘にはならないって思ってたけど、やっぱり駄目で……そうなったら余計言えなくて……それに、それに……」

ぼろぼろと、涙が頬を零《こぼ》れてしまう。

「あんたをがっかりさせたくなかったのよ！」

堪《こら》えていたものが一気に噴き出して、美馬はほとんど自暴自棄のようになって、涙を流して泣いた。化粧が落ちて、どろどろになった顔を、手で覆う。

「自慢のっ、姉でっ、いたかったの……！」

ごめんね、こんな姉ちゃんでごめんね、と美馬は何度も繰り返し謝った。

「姉ちゃん」

一馬は姉を呼ぶが、美馬は俯《うつむ》いてしまった顔を上げようともしない。

そこで彼はしばらく美馬のつむじの辺りを見つめ――口を開いた。

「『弟は南の島の宝石。きらきら輝くよだれをたらす』」

「!?」

美馬がすごい早さで顔を上げた。

「何、なんなの、待ちなさい、何それ！」

「姉ちゃんの小学校の文集のポエム」

「そうじゃなくてなんで今それを暗唱してるのかってことでしょ！」

「いや、姉ちゃんが顔上げてくれるかと思って」

確かに美馬は顔を上げている。

「目を見て話したかったんだ」

一馬は、にかっと笑った。

「姉ちゃんはさ、美人で、頭が切れて、俺のことといっつも庇《かば》ってくれた。俺がいじめられても、悪さしても、いつも俺のこと信じてくれたじゃないか。だからさ、司法試験とか、そりゃ、受かってたらめでたいけど、不合格だからってそれが変わったり、減ったりするわけじゃないんだ」

勿論《もちろん》、美馬の顔は化粧が崩れて泣いたせいで目も腫《は》れて決して美しくはなかったが、一馬にとってそんなことは問題ではないのだろう。

「姉ちゃんは、俺の自慢の姉ちゃんだよ、そのままで、これからもずっと」

美馬は呆然《ぼうぜん》と弟を見つめる。

一馬は見つめ合ううちに照れくさそうに視線を逸《そ》らして付け加えた。

「……あの、姉ちゃん」

「うん……」

「化粧直したら?」

「そのままで美人の自慢の姉なんでしょ!?」

美馬は一馬を睨《にら》み──次の瞬間には、姉弟《きょうだい》は笑い出した。

二人とも肩を震わせ、一馬は姉の顔を指さして堪え切れない様子で笑い、美馬は涙を拭《ぬぐ》い、化粧で汚れた自分の手を見て笑った。

「ほんと、化粧崩れどころじゃないでしょ、これ」

ひいひいと苦しそうに息をしながら美馬は言い、顔の化粧をハンカチと指で拭った。

「ちょ、ちょっと、さすがにちょっと待ってください」

落ちたマスカラとアイラインで目元がすごいことになっていたので、千春は立ち上がってハンカチを水道の水で濡《ぬ》らし、美馬の顔を拭《ふ》いた。

化粧を拭い落とした美馬は、すっきりした顔をしていた。

顔を洗わせてもらったらどうかと提案した千春に、美馬は首を振って礼を言い、弟をまっすぐに見つめた。

「一馬、ごめんね。黙ってて……この旅行だって、せっかく計画してくれたのに」

「気にするなよ」

「……ありがとう」

見違えるように、美馬の目には生気の輝きが宿っている。

来店した時の暗い影は、その顔からはもう消えていた。

一馬は姉の顔をしみじみと見て、呟《つぶや》いた。

「やっぱり俺の姉ちゃんは美人だよ」

美馬は一馬をじろっと睨みつけたが、照れ隠しなのがあまりにもわかりやすくて、まったく凄《すご》みはなかった。

それから、彼女はユウに頭を下げる。

「大上さん。このたびはありがとうございました。弟も、私も、自分勝手なことばかり言って……でも、私たちのための……私たちだけのお弁当を作ってくださった。北海道旅行の最後の食事、機内でいただきます。私……」

まだ涙で潤んでいた目を細め、彼女は微笑んだ。

「北海道に来てよかった」

ユウも笑顔で返した。

「是非、またいらしてくださいね」

一馬は、次は女の子と来たいなあ、と呟いて、姉の笑いを誘っていた。

名前を呼ばれて、千春は目を開けた。いつの間にか休憩室のちゃぶ台に突っ伏して寝ていたのだ。ユウがそばにいて、冷めたお茶を新しいものと取り替えてくれる。

「ありがとうございます……あれ、今何時ですか」

「もう二十一時ですよ。店は熊野が見てくれています」

「すみません、寝ちゃったみたいで……」

南波姉弟が帰ったのが十八時半くらいだろうか。千春は片付けをしたあと寝てしまっていたのだ。

「お疲れ様です。お弁当、気に入ってもらえてよかったですね」

「おかげさまで」

「いやいや、私は特に何も……牡蠣《かき》のただ食いしただけですよ……」

「いいんですけどね、本当に……黒川さんに至ってはもうそういう発想さえないし……」

……千春さんもあれくらいの図太さがあった方が生きやすいですよ」

千春は思わず笑った。

黒川とユウは憎まれ口をたたき合うこともあるが、気心が知れた、肩肘《かたひじ》張らない関係で、千春は時々うらやましくなる。

「ユウさんも、恰好《かっこう》つけすぎない方がいいですよ」

「え？」

「情けないところ、見せてくれたっていいんですよ」

「………」

ユウは困惑した様子で千春を見つめ、咳払《せきばら》いした。

「もう、結構見せてるつもりでしたよ」

「そうかなあ……？」

「……じゃあ、お言葉に甘えますけど」

ユウはしばらく視線をさまよわせたり、妙にシャツの襟ぐりを気にしたりしてから、おもむろに口を開いた。

「あの……ナンパってなんですか？」

「ナンパ……」

しばらく考えてから、千春はようやくハッと思いついた。

「あの、一馬さんがふざけて言ったやつですか？　えっ、まさか本気にしてます⁉」

「してません！　でも、ほら、一応……」

「ああ、一応……いや、でも、本当に、道に迷ってるみたいだったから、声かけただけなんです！　そもそも美馬さんもいたし、全然逆ナンじゃないですよ！」

「そうですよね、わかってはいます、それに、疑ったわけでもないです！　ただ、本当に……あの」

そう言ったきり、ユウは頭を抱えて顔を伏せてしまった。視線を合わせたくて、千春はその顔を覗《のぞ》き込む。

「いや、ちょっと……今すごく情けない顔してるんで……」

「……私に直接否定して欲しかったんですか？」

そう尋ねると、ユウはやっと顔を上げた。かすかに頬が赤かった。

「…………なんで嬉《うれ》しそうなんですか」

「ええ？」

ユウに言われて、自分の顔がだらしなく緩んでいることに気付く。

あの場では、ユウはまったく気にしたそぶりを見せなかった。

それは勿論、接客中だから当たり前なのだろうが、千春としては少し寂しくもあったのだ。

それが、こんなところを見せてくれたのだ。

「いや、ユウさんって、ちゃんと焼きもち焼くんだなあと……ほら、聖人っぽいところあるじゃないですか」

「ないですよ……」

何を言っているんだこの人は……とでも言いたげな目で見られて、千春はえへへと笑って頭を掻《か》く。

「……ご飯食べていきますか？」

ユウが溜《た》め息混じりにそう訊《き》いてきた。

『食べていく』とはどういうことだと千春は首を傾げる。

「さっきご飯炊けたんですよ、今の時間の分の。よかったら、僕もちょっと休憩取るんで――」

そう言って、お盆を覆っていた布巾《ふきん》を取ると、お茶碗《ちゃわん》と小ぶりなおひつ、作り置きの惣菜《そうざい》を盛り合わせた皿が現れた。

「わあ！　新米です？　新米ですよね⁉」

「新米ですよ。大盛りにしちゃいます？」

「大盛りで～！」

炊きたてのご飯の匂いがすると思ったのだ。千春の顔はもうゆるゆるだ。

いそいそとユウがご飯を装《よそ》った茶碗を千春の前に置いてくれる。

お惣菜のお皿には、桂が揚げてちょっと失敗したらしいコロッケとか、小さめに作ってしまったザンギとか、多めに作ってあった筑前煮《ちくぜんに》とか、焼きたらことか、こんにゃくの炒《い》り煮とかがいかにも適当に盛られている。どれも白いご飯によく合いそうだ。

「いただきます！」

手を合わせて、まずは茶碗に手を伸ばす。白いご飯は店で使っているゆめぴりかか、それともレアなふっくりんこか。ふんわりと甘くて優しい匂いが立ち上る。ふっくら、つやつやに炊き上がったご飯を口に入れる。口の中でふんわり広がる湯気がまだ熱くて、感触はもちもち、嚙《か》むと甘みが広がる。

「季節の贅沢《ぜいたく》～！」

千春の言葉に、ユウも笑いながら頷《うなず》く。

「ですよねえ」

ユウは焼きたらこをご飯に載せている。美味《おい》しそうで真似したくなったが、初志貫徹、こんにゃくの炒り煮に箸《はし》を伸ばす。ねじりこんにゃくにはたれがよく絡み、振りかけられた鰹節《かつおぶし》の風味がよく合っている。辛めの味付けは、やっぱりご飯が進みそうだ。

冷たい風が窓を打つ、ぴゅうぴゅう、かたかたという音がする。

秋は深まりつつあった。

旬を迎える食べ物を思えば、この先の寒さも耐えられそうな気がした。


飛行機は新千歳空港を飛び立った。

太陽はずいぶん前に沈んでいた。空港周辺の明かりはすぐに見えなくなり、飛行機は雲の中から晴れた夜の世界へ滑り出た。

これから戻る日常を思い、美馬は一つ息を吐く。溜め息とも違う。自分としては、現実と向き合うのだという覚悟の深呼吸のつもりだった。

「姉ちゃん、弁当食おう！」

大学生の弟は、まだまだ食べ盛りなのだろう。旅行中もあちこち美馬を連れ回して色々食べさせてくれた。

彼ほどの基礎代謝がない美馬は自身の体重の増加に思いをはせ、遠い目をした。

「完全に食い道楽だったね……」

「えっ、だってお祝いだったから、なら食べないと」

どうも弟の中では食べることがお祝いと直結しているらしい。

言われてみれば、誕生日のケーキとか新年のおせちとか、お赤飯とか、クリスマスの七面鳥とか、お祝いは食べることと結びつく。どうしてかというと、やっぱり食べることが楽しいからだろうか。

ならば、弟の企画による食い道楽の旅も、正しくお祝いの旅だったのかもしれない。

――などと美馬が考えている間に、一馬は美馬の分まで座席のテーブルを出していた。ついさっき、シートベルト着用サインが消えて、テーブルも使えるようになっていた。

一馬から弁当を受け取り、テーブルの上に置いて蓋《ふた》を取る。中身は確認していたが、食べるとなるとどきどきしてきた。

食べることは好きだ。作るのも好きだが、自分で批評してしまうところがあるから、他人が作ったものを食べる方が純粋に楽しめる。

「姉ちゃん、おめでとう」

唐突に一馬からそう言われて、美馬は意味をはかりかねる。

何しろ、祝うべきことは何もないと、一馬だってわかっているはずなのだ。

「新しい明日《あした》におめでとう、ってことだよ」

「新しい、か……」

今まで、弟に隠し事をして、後ろめたさを感じていた。それがこの旅で解消されたのだ。その意味では、確かに明日からすっきりした気持ちで暮らしていけそうだ。

「このお祝い旅行もさあ、意味があったんだと思うんだよね。だろ？」

そうでも思わないとやってられないのかもしれないが、語る一馬の顔は明るくて、美馬も素直に頷いてしまった。

「そうだね、ありがとう。……ごめんね、せっかくお祝いしてくれたのに……」

「まー、食べよ食べよ、難しいことは抜きで。はい、かんぱーい」

一馬はそう言って、お茶のペットボトルを差し出した。美馬はそれに自分のペットボトルを打ち付けて、乾杯、と小さく呟《つぶや》いた。

さて、お弁当だ。

最初は白いご飯を、ただそのまま食べてみる。

硬めだったり、柔らかめだったり、もちもちだったり。いろいろな食感があって、風味も違う。どれも共通しているのは北海道で育てられたという点。稲作ができないと考えられていた、というユウの話を思い出し、この米に至る努力を思う。

噛み締めると、甘みを感じる。冬の苛酷《かこく》さとか、人々の苦労とか、そういうものを忘れさせてしまうような、優しい甘みだ。

白いご飯からやり直そう、と美馬は素直に思った。

「……私、また試験受けるよ」

「姉ちゃん」

「北海道のお米だって、何回も失敗繰り返してきたんでしょう？　私が何回か試験落ちるなんて、たいしたことじゃないもの。寒くてお米が実らないって思われてたところで、こんなに美味しいお米ができるようになったんだもの。私だってこんなところでうじうじしてられない。帰ったら試験勉強頑張るよ」

「さすが俺の姉ちゃんだ！」

一馬がはやし立ててくれる。彼は美馬を調子に乗らせるのが上手《うま》いのだ。

「任せてよ」

美馬は笑って胸を叩《たた》く。

姉ちゃんが誇らしいと臆面《おくめん》もなく言ってくれた弟を見つめる。

一馬はその視線に気付いて、何？　と不思議そうに訊《き》いてきた。

「あんたが私の弟でよかったなあって思ってたの」

そう言うと、一馬は、ふーんと気のない返事をして、また弁当を食べ始めた。

だが、その耳がちょっと赤くなっているのを、美馬は見逃さなかった。

美馬は笑って、笑いながら、ふんわり柔らかな玉子焼きを口に放り込んだ。

・第四話・お母さんの肉じゃが

二十二時半。

シフトが遅い日だったから、ちょっと書類を片付けただけでこんな時間になってしまった。

それでも明日は休みだし、先ほどユウに会ってお弁当も買ってきた。身体と頭は疲れていても、前向きな気持ちでいられた。歩幅も心なしか大きい。

マンションの自室の前で立ち止まり、鍵《かぎ》を開けて入ろうとして、あれっ、と思う。

今開けたと思った鍵がかかっている。

（……あれ？　待って、私今鍵閉めたの？）

千春はほとんど無意識でやった自分の行動を思い返す。

今、鍵を回しても手応《てごた》えがなくて、回す方向を間違えたのかと思って反対に回した。

そしてがちゃっという音がしたから、鍵が開いたと思った。

だが、開いていなかった。

千春は今、鍵をかけたのだ。

つまり、鍵は最初から開いていた。

さあっと血の気が引いて行く感じがした。

こういう時、オートロック物件にしなかったことを後悔してしまう。

まずは落ち着いて朝の行動を思い出そうとする。鍵をかけただろうか……いや、かけた気がするが、曖昧《あいまい》だ。朝からずっとかけていなかったのか。

それとも、誰か鍵を開けて入り込んでいるのか……？

何しろ遅い時間だ。心臓がドキドキと騒がしい。急いでスマートフォンを取り出し、片手に握りしめ、いつでも通報できるようにして、そうっとドアを開ける。

中はまっくらだ。

少なくとも、今は誰もいないのだろうか。

恐る恐る電気を点《つ》け、玄関にも自分のサンダルだけがあるのを確認する。

短い廊下の先を窺《うかが》う。

人の気配はない。

そうやって千春は部屋中を調べ尽くした。

クローゼットの中も、台所のシンク下も、さらにいうと冷蔵庫も覗《のぞ》いた。

だが、誰もいなかった。

出しっぱなしのノートパソコンなど、いかにも盗まれそうなものも無事だ。

「よかった……」

鍵をかけ忘れていただけらしい。

ほっとした千春は外に干していた洗濯物を取り込もうとベランダに通じる掃き出し窓を開けた。

そこにも、誰もいない。

だが、洗濯物もなかった。

物干し竿《ざお》に、ハンガーがぶらぶら揺れているだけ。

「………‼」

下着泥棒、という言葉が頭の中でぱっと閃《ひらめ》いた。

だが、ここは五階だ。五階に下着泥棒なんて現れるものなのか？

いやさらに言うなら、そもそも千春は下着を外に干していない……。五階だから見られにくいとは思うが、用心のためもあって下着だけは風呂場《ふろば》に干している。さっき見たが、風呂場の下着はそのままだった。実は干し忘れていたなんてこともないはずだ。遅出で時間があったから、出社前に洗濯機を回して洗濯物を干した……雨の予報ではないことを確認して。

千春は少し考えたが、怖くなって、握りしめたスマートフォンの存在を思い出し、電話をかけてみることにした。

まだ何かの間違いかもしれないという思いもあり、通報の前にユウに相談する。

「あっ、ユウさん？　すみません、まだお仕事中ですよね。あの、実は――」

話すうちに震えてくる。

千春を心配したユウは、仕事が終わったらすぐに駆けつけてくれると言った。

どうしようと動揺しながらも、千春はできるだけ落ち着こうと努め、部屋を見回した。他になくなっているものがないか確かめようと思ったのだ。

さっきは何も異変はないと思っていたが、よくよく細かいところを見ていくと怪しい部分があるような気がしてきた。あの雑誌は机の上に出してあっただろうか。それに、確か自分はカーテンを開けたまま出かけていたのに、部屋に戻った時にはカーテンが閉まっていた……。

（やっぱり誰か部屋に入ったんだ！）

ぞっとして泣きそうになる。ここにこのままいるのがとても恐ろしく、どこかに逃げ出すことを考え始める。

その時――背後でがちゃっという音が響き、千春の心臓は跳ね上がった。

ドアを開ける音だった。

最初に部屋をチェックした時、襲われてもすぐ逃げ出せるよう、ドアの鍵をかけていなかった。

ユウかもしれないと一瞬思ったが、ユウならいきなりドアを開けたりしないはずだ。

千春は咄嗟《とっさ》に洗濯籠《かご》を手に身構えた。プラスチック製だが、ぶつければ相手もひるむだろう。

だが、ドアを開けて入ってきた人物を見て、千春は裏返った声を上げた。

「おっ、お母さん⁉」

千春とよく似た色素の薄い髪を一つにまとめて、明るい色のコートを着た母が、コンビニの袋を片手に部屋に入ってきたのだ。

「あっ、千春ちゃん！」

にこっと母は笑った。

「お母さん、来ちゃった！」

来ちゃったじゃない。

千春は絶句し、その場に座り込んだ。

洗濯物は母が取り込んで畳み、クローゼットの引き出しに綺麗《きれい》にしまわれていた。

「はい、お土産」

母の亜紀子《あきこ》はそう言って千春にコンビニの袋を手渡した。

「お土産って……これ、そこのコンビニの……」

「そう、あんたの帰り待ってる間にお土産持ってきてないって気付いて、そういえば来る途中コンビニがあったわーって思い出して。今買って来たの」

「……ありがと」

中身はコンビニスイーツが数種類。嬉《うれ》しいが、それより心臓に悪い。

「ドアは管理人さんに開けてもらったの」

「……鍵かけないで部屋から出ないでよ、不用心でしょ」

「すぐ戻るからいいかなって……ああ、でもごめんね、私ったら」

そうよねえ、危ないわよねえ、と母は申し訳なさそうに謝った。

「……うん……」

びくびくしてユウに電話までかけてしまった。

「あ、そうだ……ちょっとお母さん、私電話するから待ってて」

このままだと、仕事帰りにユウがこのマンションに来てしまう。ユウを煩わせたことも謝らなければならない。

千春はユウに電話をかけた――が、なかなか出ない。

「接客中かな……」

メールを入れておこうと思った時、ぴんぽんと玄関の呼び鈴が鳴って、壁のモニターに外の様子が映る。

「あら、こんな夜遅くに誰かしら？　宅配便ってこんな遅くないわよね」

「…………」

千春は急いで玄関に走っていって、ドアを開けた。

息を切らしたユウが、立っていた。

「千春さん大丈夫ですか⁉」

「お、お店は……」

電話では、店が終わってから来るという話だったはずだ。まだ二十三時。閉店時刻ではない。

「千春さんのこと心配で、店は熊野に頼んで見てもらっています……あの、それより本当に泥棒ならすぐに警察に電話――」

亜紀子が、千春の後ろからひょいと覗き込んで来た。

「あらあ、こんばんは」

目を丸くして、ユウを見つめている。

「……こ、こんばんは」

ユウは事態が把握できないながらも挨拶《あいさつ》を返し、助けを求めるように千春を見た。

千春は、ただ頭を下げた。

「ごめんなさい、ユウさん……」

亜紀子がそわそわしているのが、そちらを見ずともわかった。

口には出していないが、千春をつんつんとつついてくる。紹介してくれるのかしら、紹介してくれるわよね、紹介してほしいなあ、そういう思いが伝わってくる。

「……お母さん、こちらお友達の大上祐輔《ゆうすけ》さん」

「初めまして、大上です……」

「まあまあ、ご丁寧にどうも、千春の母です。ほら千春、大上さんに上がっていただくのよね？　あ、いいのよ、私パックのホテル取ってあるから」

「い、いえ、僕は……」

千春は息を吸って吐いた。ユウと亜紀子の双方に事情を説明しなければならない。

ユウは仕事もあるから手早くだ。

とりあえず全員に部屋に入ってもらって、千春は下着泥棒の話から始めた。

亜紀子は自分で買って来たコンビニのスイートポテトを食べながら、ユウが帰ってしまったことを気にしていた。

「だからあ、ユウさんまだ仕事あるんだってば。それにうちに泊まっていったりしないよ」

千春はくま弁の鮭海苔《のり》弁を食べながらそう言った。色々ばたばたしているうちに、弁当は冷めてしまっていた。

「お仕事中に悪いことしたわねえ。お母さん、今度ちゃんと謝りにいきたいわあ」

「行かなくていいよ……」

仕事を抜け出して来たユウは、泥棒が千春の勘違いだったことがわかって安心した様子で、またくま弁に戻って行った。ユウにも熊野にも悪いことをした。熊野にも謝りに行こう。

千春はお茶を飲んで一息吐いた。

「それにしてもこんなに急にどうしたの？　来るなんて全然聞いてないよ。お父さんはどうしてるの？」

「お父さんは出張で二週間くらい九州よ。ほら、あんた夏に帰らなかったでしょ？　だからお母さんから来ちゃいました～！」

亜紀子は明るくそう言って、また一口美味《おい》しそうにスイートポテトを頰張った。

「お母さんは一人で札幌観光するから安心して。あ、でも休みの日に観光付き合ってくれたら嬉しいなあ」

「いいよ、明日《あした》休みだから行きたいとこあったら教えて」

「ありがとう。あ、あとねえ、ホテル今日の分の予約しか取ってないんだけど、明日から泊まってもいい？　布団屋さんに布団貸してもらうから」

「いいよ、何日いるの？」

「四泊五日……あっ、一泊はホテルだから三泊ね」

亜紀子は大抵明るく、開けっぴろげで、ちょっとおっとりしている。

こうして話しているとあっという間に亜紀子のペースになっていて、それでもそれがいやではないので、千春は久しぶりの流れに任せることにした。

「札幌って、十月でもうこんなに寒いのねえ。すっかり紅葉してるし」

「そうだね」

紅葉が綺麗なところもいくつか知っている。銀杏《いちょう》並木はちょうど黄金色に輝く頃だから、連れていくと喜んでもらえるかななんて考えていると、いつの間にか亜紀子が黙って千春を見ていた。

「何？」

「札幌は慣れた？」

「え？　まあ、そりゃ……二年近いし」

弁当を食べ終わった千春は亜紀子が買って来た肉まんに手を伸ばした。袋から出すと、まだわずかにぬくもりを感じる。

「ほら、急な転勤だったけど、どうしてるかなあって」

「どうって……まあ、普通かな」

素っ気ない言い方になってしまったが、漠然とした問いに答えあぐねてしまう。

亜紀子は部屋を見回して呟《つぶや》いた。

「ちゃんと暮らしてるのね。片付いているし、まあ、こんな夜中まで洗濯物外に干してたからすっかり湿気が上がってきちゃってるけど。忙しいんでしょ？」

「う～ん、最近はそうでもないかな」

「寒いのは？　お母さん、すっごく厚着してきちゃったから空港暑かったんだけど、この時間帯に外出てるとさすがに寒いなあって感じがするわ」

「大分慣れたよ。色々お店も開拓してるし。いいとこ教えてあげられるよ」

「じゃあ明日連れていってよ。あっ、そういえばさっきの人、ユウさん？　ユウさんってお店してるのよね。さっきほら、お店まだやってるって」

「う……うん」

確かにくま弁は千春の行きつけの店だし誰にでもおすすめできる素晴らしい店だが、亜紀子の目的は主にユウだろう。千春と仲が良さそうなユウの様子を見に行きたいのだと思う……。

「明日何時にしようか、どこ行きたいとかある？」

千春は話を変えた。亜紀子も特に抵抗はしなかった。

「そうねえ」

亜紀子は札幌の代表的な観光地をいくつか挙げた。

翌朝は八時に亜紀子のホテルで集合、それから路面電車に乗って、ロープウェイで藻岩山《もいわやま》へ、という流れが決まった。

決まったのだが。

翌朝八時十分前に自宅マンションを出た千春は、ゴミ捨て場にゴミを置こうとしたところで、背後から亜紀子に声をかけられた。

「おはよう!」

「えっ、お母さん!?」

十月のその朝は空気こそ冷たいが気持ちの良い秋晴れで、空気を吸うだけで楽しくなってくる。そんな日和に油断したのか、声をかけられるまでまったく気付かなかった。

「早起きしちゃったから暇で。私から来て合流しちゃった方が時間短縮できるでしょ」

「まあ、そうだけど……」

「良いお天気だからお散歩してても楽しいしね……あら、これごみステーションって書いてある」

「あ、うん、ゴミ捨て場のことね。そういう名前で呼ばれてるみたいだよ」

マンションのゴミ捨て場には、ゴミの捨て方などが書かれた看板があって、そこにでかでかとごみステーションと書かれている。北海道では自治体も使う正式な名称で、どうも北海道以外でもそう呼ぶ地域が結構あるらしい。

千春にそう説明されて、亜紀子は感心した様子だった。

「ゴミ捨て場も色々呼び方があるのねえ」

そう言ってカメラで写真まで撮っている。

が、上機嫌だった亜紀子が突然何かに気付いて眉《まゆ》をひそめた。千春のゴミ袋を見ている。

「あっ……」

千春は自分が今捨てようとしていたゴミ袋を見て、小さく声を上げた。

プラスチックゴミの日だったから、半透明のゴミ袋はプラスチック容器とか、梱包《こんぽう》材とかで膨らんでいる。

中でも目立ったのは、白い発泡スチロール製の空き容器。

くま弁の弁当箱だ。

一週間に一度の収集日だったが、それは、七日分としては、確かに多かった。

「こ……っ、これは先週出し忘れてたね！」

千春が言ったことは事実だった。ちょっと先週出し忘れていて二週分溜《た》まったのだ。

プラスチックゴミなら臭いも出ないし大して気にしていなかったが……。

亜紀子は一歩引いた様子で呟いた。

「えっ、二週間でこれだけ食べるの？」

二週間で食べるにしても、多めの量だったことは認めるしかないだろう。友達が来ていて、とか言ってごまかそうかとも思ったが、もう言い訳にしか聞こえないだろう。実際、千春が一人で食べたのだし。

千春は、ははと乾いた笑いを浮かべてゴミを出し、亜紀子を先導して路面電車の停留場へ向かった。

札幌の路面電車は『市電』と呼ばれて親しまれている。市内を環状に巡り、ロープウェイ乗り場の近くにも停留場がある。千春が住むマンションからは、すすきのの停留場が近い。

道中、亜紀子は無言だったが、急に思い切った様子で口を開いた。

「……実は昨夜、冷蔵庫の中覗《のぞ》いたんだけど。ほら、買って来たもの入れたじゃない？　そしたら、飲み物くらいしかなくて……あら、随分忙しいのかしらって思ったんだけど。だって、あんた、前自炊してるって言ってたから……今はそんな暇もないの？」

「………」

どうも、亜紀子は仕事が忙しいせいで自炊する暇もないのかと勘違いしているらしい。昨夜遅かったのも影響しているだろうし、以前千春が自炊していると言ってしまったせいでもあるだろう。

千春も以前は休日くらいは自炊していたのだが、何しろくま弁の弁当は安くて美味《おい》しいし、ユウにも会えるし、なんだかんだで一日一食以上は弁当生活だ。

それが親目線で心配になってしまったのだろう。

「……本当に、そこまで忙しいわけじゃないよ」

「そうなの？」

「自炊もしてるし……今回は、たまたま、野菜とか全部使い切ってるだけで……」

思わず口から嘘が飛び出した。全部使い切ったのは何週間も前のことだ。包丁を最後に握ったのもいつかわからない。

千春がさらに何か言う前に、亜紀子が口を開いた。

「ねえ、別に自炊しろってわけじゃないのよ、ただ、忙しいなら――」

「わ、わかってるよ。大丈夫だって」

言いながら、二十代も半ばを過ぎたのに親を心配させるなんて……と落ち込む。

様子を見ると、亜紀子は案の定、心配そうな眼差《まなざ》しを千春に向けている。

それを見ているうちに、衝動的な言葉が口をついて出た。

「あの……作るよ」

「え？」

「今日の晩ご飯、私が作るから」

亜紀子は驚いた様子で、口をぽかんと開けた。拳《こぶし》くらい入りそうだ。

「そんなつもりで言ったんじゃないのよ。いいのよ、今日はお母さんが奢《おご》るから、どこか美味しいお店連れて行ってよ。なんならお母さんが作って、お惣菜《そうざい》作り置きしたっていいんだし――」

「いいからいいから！　私実家で全然料理していなかったし、お母さんが心配するのもわかるから。でもほら、教えてもらった料理もちょっとはあるし、たまにはいいでしょ、こういうのも。最近確かにお弁当が多いけど、普段はそんなに忙しくないし、自炊もできてるってとこ見せたいのよ」

「でも……」

亜紀子は抵抗したが、千春が考えを変えそうにないと見て、最後にはこう言った。

「じゃあ、簡単なものでいいからね」

「うん、任せて」

千春は母のために微笑んだ。

久しぶりの料理だ。人に食べてもらうことはほとんどないから今から少し緊張してきたが、簡単なものでいいというし、たぶんなんとかなるだろう。

予定通り停留場へ着いた千春は、やってきた路面電車に母とともに乗り込んだ。

藻岩山ロープウェイ、大通公園、時計台、雪印《ゆきじるし》パーラー、そして赤れんがこと、復元された道庁旧本庁舎。

はしゃいだ様子の亜紀子は行く先々で趣味のカメラを構えてぱしゃぱしゃと撮っていた。特に藻岩山は紅葉の見頃で、かなり興奮した様子だった。

「いい写真いっぱい撮れちゃった！」

日が暮れた頃、亜紀子は再び藻岩山に戻って夜景を撮りたいと言った。

「それじゃ、私買い物してからマンションに帰るから。お母さん、あとで来てね」

千春がそう言うと、亜紀子は心なしか心配そうな眼差しを千春に向けた。

「いいのよ、無理しなくて」

「簡単なものにするから、大丈夫だって」

路面電車の停留場まで送ってから、千春はいったん母と別れた。

❄

「んん!?」

千春は自分が作った肉じゃがのなれの果てを一口食べるなり、呻《うめ》いた。

しょっぱい。

久々に作ったら、味付けの加減を間違えたらしい。

おまけに、洗い物をしたり風呂《ふろ》を掃除したりしている間に、じゃがいもがかなり溶けてしまった。でんぷんでどろっとした煮汁が肉に絡みつき、さらに味を濃くしてしまう。

「んん～……」

これを亜紀子に食べさせたら、どう思われるだろう……と千春は眉間《みけん》に皺《しわ》を寄せた。

また心配させてしまうような気がする……。

「せめて魚くらいは……」

美味しそうなホッケの開きがあったから、コンロの魚焼きグリルで焼いていた。

脂が多くて美味しそうだった――。

「!?」

屈《かが》んでグリルを覗いた千春は息を飲んだ。

燃えている。

たっぷり乗った脂に引火したらしい。

「えっ、ど……」

動揺しながらもとりあえずグリルのスイッチを切って、様子を見る。火はしばらくすると消えた。ほっとして焼き網を引きずり出して、呆然《ぼうぜん》とする。

ふっくら美味しそうなホッケの開きは、すっかり焦げて、端の方は完全に炭になっている。

「……燃えたんだからそりゃそうか……」

味付けに失敗した肉じゃがと、焦げたホッケの開き。

これは困ったぞ、と思った時、背後で炊飯器がピイピイと音を立てた。

恐る恐る炊飯器を開けて確認したが、こちらは綺麗《きれい》に炊けている。

しゃもじを入れてごはんの天地をひっくり返すようにそっと混ぜる。

「炊飯器君、偉いぞ」

愛《いと》おしくなって炊飯器の蓋《ふた》を優しく撫《な》でた。

とはいえ美味しそうにできたのが白米だけというのはまずい。

これでは亜紀子を安心させるどころか余計心配させてしまう。自炊しているという千春の話も疑わしくなるだろう。

やはり今から買い出しに行って作り直すしかない。

だが、時計を見てその考えは甘そうだと気付く。

すでに二十時近いのだ。

母は藻岩山からの夜景を撮るから遅くなるとは言っていたが、それにしてももう戻る頃だろう。

そのとき、聞き慣れた自分のスマートフォンの着信音が聞こえてきた。

この時間には珍しいことだが、ユウからだった。

テーブルの上に置いていたスマートフォンを手に取って電話に出る。

『こんばんは』

「こんばんは、どうしたんですか、ユウさん。こんな時間に珍しいですね」

何しろ、今は営業中のはずだ。

『いえ、実は熊野に休めと言われて……』

「えっ」

『千春さんのお母さんが来てるって言ったら、強引に……店は熊野と桂で見るから挨《あい》拶《さつ》してこいと。いや、僕も仕事中だからと断ったんですが』

「挨拶……したじゃないですか」

『……あの、あれはお友達としての紹介ですよね？』

「あー……」

言われてみれば、千春は咄嗟《とっさ》にユウを友人だと紹介していた。たぶん母はユウが呼ばれた状況からして信頼している親しい相手なのだということは理解しているだろう……それが恋人かどうかというと、確信はしていないのかもしれないが。

『昨夜はきちんとご挨拶できなかったので、僕もよかったら紹介してほしいとは思っています。ただ、千春さんのご家族のことなので、千春さんがいやだというのなら、勿論《もちろん》無理にとは言いません』

「ああ～……」

熊野に強引に休みを取らされた……という話だったが、ユウ自身も千春の親に会ったのにまともに挨拶ができなかったというのは気にしていたのだろう。

ユウと付き合い始めてすでに三……いや、四ヶ月近い。そろそろ親に紹介してもおかしいことはないだろう。

千春も時々親から幼なじみの結婚話をされることがあるが、たぶん親も千春にユウのような人がいるとわかれば安心できるだろう……。

だがそう思う一方で、親に知られるというのは気恥ずかしいものがあるし、親も紹介されたら将来を意識するはずだ。

つまり千春の年齢的にも今度は結婚の期待がかかってきそうなのだ。

千春も将来を考えることはあるが、今すぐ結婚と言われると困ってしまう。ユウにしたってそう……いや、どうだろう、ユウはもっと色々考えていそうなところがあるが。

千春の実家のことだからと判断を千春に任せてくれたのはありがたいが、それはそれで悩んでしまう。

「……あっ」

考え込んでいるうちに、時間は二十時を回ってしまった。

「あっ、すみません、今時間が……いや、そうだ！」

千春はスマートフォンを握りしめ、頼み込んだ。

「今からくま弁のお惣菜《そうざい》持ってきてもらえません⁉」

ユウは絶句したらしく、数秒沈黙が降りた。

正直に言った方がいいと思いますよ、とユウは言った。

そう言いながらも持ってきた惣菜を鍋《なべ》に移して温め直してくれる。

偶然にも、それは肉じゃがだった。失敗した肉じゃがはすでにタッパに詰めて冷蔵庫の奥に隠してある。

母はまだ帰ってこない。ぎりぎり間に合いそうだ。

「でも正直に言ったら、全然自炊していないってことを白状することになりそうで……」

「しょうがないですよ、遅く帰ってきて料理作るのも、せっかくのお休みの日に料理作るのも、しんどいってことあるでしょう」

「ユウさんでもあります？」

「ありますよ。くたくたになって部屋に戻ったら、手の込んだものなんて作りたくないですから、簡単にできてすぐ食べられるものにしますし。お店に来るお客様もそういう理由でうちで買われていくんだと思いますよ。というかむしろ、そういう時のためにこそうちのような店があるというか」

「そっか……」

とはいえ自炊をサボるようになったのは最近のことだ。それまでは比較的頑張っていたのだから、やってやれないことはないのだ……ただ、くま弁に頼った方が遥《はる》かに簡単で美味《おい》しいというだけで。

だが、そのときインターフォンが鳴った。母だ。

テーブルの上には、まだ惣菜の空き容器が散乱している。

ユウは千春の狼狽《ろうばい》を察したのか無言で手早く空き容器をかき集めてビニール袋に入れた。

だがそれをどこに置こう。

ゴミ箱は見られるかもしれない。風呂《ふろ》だって今日は泊まっていくから見られてしまう。ええと――。

再びインターフォンが鳴る。

「僕がやっておきます」

ユウはそう言って玄関にあった自分のスニーカーを持ってくると、ビニール袋を抱えてベランダに出た。

そうか、ベランダなら見られない。千春はほっとして、玄関の鍵《かぎ》を開け、母を迎えた。

「お、お帰り、お母さん」

「ただいま！」

カメラバッグをたすき掛けにした亜紀子は、見るからに生き生きとして、満足そうだった。

「ごめんね、料理中だった？」

「ああ、いいの、だいたいできてるし」

今日からは数日泊まるので、ホテルに寄って取ってきたのだろうキャリーバッグも携えていた。それを受け取って部屋に運び込み、亜紀子が手洗いうがいをしている間にざっと部屋の様子を確認する。

お惣菜の容器はユウが片付けてくれている。

そしてユウは――ユウがいない。

（ん？）

千春は掃き出し窓からベランダを覗《のぞ》いた。

座り込んでいるユウと目が合う。

ユウは、気にするなというように首を振った。

おそらく、予告なしに亜紀子の前に姿を現すと驚かせてしまうから、今回は会わないつもりでユウ自身も外でやり過ごすことにしたのだろう……。

（いや、待って、でも今日お母さん泊まるのに！）

十月の夜はもうかなり冷え込む。ユウは上着を着ているが、こんな中にいつまでも放り出しておくわけにはいかない。中へ入れないと、と思うのだが、ユウはいいからと身振りで示す。

仕方ない。母にお使いでも頼んで、ユウが出てくる隙を作ろう。

「あっ、あの、お母さん、私味噌《みそ》切らしてて――」

「あらっ、すごいわね」

亜紀子はテーブルの上を見ていた。

ユウが惣菜を皿に綺麗《きれい》に盛り付けてくれていた。使われている皿はどれも千春の部屋の食器棚にあるものばかりなのに、美味しそうな惣菜を盛られて、妙に輝いて見える。

「あんた盛り付け上手ねえ」

確かに盛り付け一つとっても、普段の食卓とは違う。

なすやれんこん、ししとう、パプリカなどを焼き浸しにした皿には針生姜《しょうが》が天盛りにされている。鮭の幽庵《ゆうあん》焼きには柚《ゆ》子《ず》の輪切りが添えられ、地味な見た目の袋煮だって青菜が彩りを添えている。普段全然使わない箸《はし》置きまで出てきた。

「うん……ありがとう……」

さすがにここまでやるとばれるんじゃないのか？　とも思ったが、亜紀子は純粋に感心しているようだ。

「もう見てるだけでおなか減ってくるわね。食べましょうよ」

亜紀子はウキウキした様子でごはんを装《よそ》い始める。

「あ、待って、うち今味噌切らしてて──買いに行ってもらえない⁉　コンビニでいいから」

「あら、でもお味噌汁もうできてるじゃないの」

亜紀子は味噌汁の蓋《ふた》を開けてそう言い、こちらも汁椀《しるわん》に装い始める。

「そう……そうだった、うん……じゃあ牛乳とか……」

「えー、買い物ならあとで行くわよ。今は食べたくて」

「………わかった」

亜紀子をこの部屋から出す別の理由を考えなければ。

そうでなければ、最悪、亜紀子が部屋を出て、ユウを部屋に入れられるようになるのは、亜紀子が食べ終わってからになる。それまでユウを外で待たせておくのは忍びない。

だが、何も思いつかない。

（あ～、何かないかな。ごめん、ユウさん……）

千春は心で謝りながら、ユウが持ってきてくれた肉じゃがを盛り付ける。

ユウが盛り付けた焼き浸しは野菜の種類ごとに向きも整えて盛られている……肉じゃがの盛り方もそれに近づける。最後にインゲンを揃えて盛って、ふうと息を吐いた時、ずっと亜紀子に見られていたことに気付いた。

「丁寧ねえ。お母さんより全然綺麗！」

亜紀子の言葉に返す笑顔が引きつる。

千春の部屋の小さなテーブルは、料理の皿でいっぱいだ。

「いただきます」

心底楽しそうに——亜紀子は旅行中に限らずだいたいいつも食事の時は楽しそうだ——亜紀子は手を合わせて、箸を手に取った。

「あらー、美味しい！」

亜紀子の言う通り、確かにユウが持ってきた惣菜《そうざい》はどれも美味しかった。

というか、くま弁の売り物なんだから美味しくて当たり前だ。

「これどういう漬け汁？　お母さんにも教えてよ」

「えっ、ああ、うん、ネットで見ただけだよ……」

答える声がひっくり返っている気がするが、亜紀子が何も言わないからたぶん気付いていないのだろう。

ちら、ちら、と千春はベランダを気にしてしまう。カーテンの向こうに、ユウがいるのだ。早く部屋に入れてあげたい。

亜紀子の箸が、肉じゃがに伸びた。

これもいつものくま弁の肉じゃがだ。味は保証できる。

「あら……」

だが、亜紀子の口からそういう呟《つぶや》きが漏れた。

「どうかした？」

「うん……これ、肉が豚なのね」

「え？」

「うち、いつも牛肉だったじゃない」

すっ……と血の気が引いた。

そういえば、実家では肉じゃがといえば牛肉で作っていた。

くま弁では豚バラだ。

母はよく千春に料理を教えなかったと言っているが、さすがに千春も肉じゃがの作り方くらいは実家で教えてもらっている。

逆に言えば焼き浸しも幽庵焼きも袋煮も教えてもらっていないからごまかせるが、肉じゃがは――。

「これ、あんたのレシピ？」

しかしそれでも母は我が子が新しいレシピを開発したのかと期待を持ってくれたらしい。

千春はどうしようかと思って亜紀子を見た。

亜紀子は、嬉《うれ》しそうだったが、同時にちょっと寂しそうだった。

肉じゃがは、千春が小さい頃に死んだおばあちゃんから教わったんだよと亜紀子は言っていた。

千春は、あわあわと口を開き、閉じ、また開いた時には、

「……ごめん……」

耐えられなくなって、白状した。

「これ、お惣菜なの……」

亜紀子は、えっ、と素っ頓狂《とんきょう》な声を上げ、改めて皿を見て、あらぁ、と呟いた。

「自分で作ろうとしたんだけど、失敗しちゃって、急遽《きゅうきょ》お店のものを……あとね、もう一つ話すことがあって。実は、それを、持ってきてくれた人が……」

「？」

「今、ベランダにいます……」

「………？」

亜紀子は、きょとんとして、窓を見やった。

千春は立ち上がって、掃き出し窓を開けた。

膝《ひざ》を抱えて座り込んでいたユウが、びっくりした顔で千春と、後ろから顔を出した亜紀子を見上げる。

「ごめん、ユウさん」

お惣菜だと言ってしまったのだと察して、ユウは驚きながらも首を横に振る。そうした方がいいと、ユウは言っていたのだ。

亜紀子は驚いて千春をとがめた。

「まああ、駄目じゃない、千春！　こんな寒い夜に外に出して！」

「あ、いや、僕が勝手に出たんです」

「ユウさん、本当にすみません……」

千春も謝るが、むしろユウが申し訳なさそうな顔だ。

「僕こそ……」

ユウは、自分が判断してベランダに出ていたことが、余計に事態をこじらせてしまったと思っているのだろう。

だが、そもそも千春がユウを母に改めて紹介するかどうか、決断していなかったのが悪かったのだ。ユウが隠れたのは店の惣菜を持ってきたとばれないようにとの意図もあるだろうが、紹介を渋った千春を気遣ってのことでもあるだろう。

亜紀子は恐縮しているユウをヒーターの前に連れて行き、てきぱきと熱いお茶を煎《い》れている。

「なあに、ユウさんがお店のお惣菜持って来てくれたの？」

亜紀子はもう『ユウさん』呼びだ。千春がそう呼ぶまで、ちょっと時間がかかったのだが。

「すみません、咄嗟《とっさ》に隠れてしまって……千春さんが僕を外に出したわけではないんです」

「千春のごまかしに付き合ってくれたのね。でも外は寒いでしょ、風邪引いちゃうわ！　身体を大事にしなきゃ――」

ユウは千春の気持ちや考えを尊重してくれる。

思えば、母だってそうだ。

亜紀子なら千春が選んだユウを否定するようなことは絶対ない。

将来何かあった時に心配させたり、特に約束したわけでもない未来を期待させてしまったりするのは怖かったが、もう、今からそんなに考え過ぎても仕方ない。

腹をくくろう。

ユウを自慢してしまおう。

「お母さん」

呼びかけると、亜紀子は声の響きにはっとした様子で、千春を振り返った。

「こちら、大上祐輔さん。昨夜はお友達って言ったけど、本当はお付き合いしてるの」

ユウも亜紀子も緊張した様子でお互いを見た。

立ち上がったユウは、亜紀子に頭を下げた。

「昨夜はきちんとご挨拶《あいさつ》できず申し訳ありません。大上祐輔と申します。千春さんとお付き合いさせていただいています」

亜紀子は口元を手で押さえ、紅潮した頬をして、ユウをまじまじと見つめた。

「まあ！」

そして、嬉しそうに笑う。

「ご丁寧にどうも。千春の母です」

うふふ、と声を漏らして、千春を見やる。

「やっぱりそうだったのね～、私絶対そうだって思ったんだけど、千春ったらお友達って言うから。恥ずかしがっちゃって、もう」

「……うん、最初に言えなくてごめんね」

「いいのよ～、ユウさん、あ、ユウさんって呼んでいいかしら。千春がお世話になっちゃって。今日もご面倒おかけしましたねえ」

ユウが惣菜を持ってきたことを言っているのだろう。それは千春が母を騙《だま》すのを手伝ったということでもある。

亜紀子に促されて椅子に座ったユウは申し訳なさそうだ。

「いえ、むしろ、大変失礼なことをしてしまって……」

「あの、お母さん、私が無理やり持ってきてもらったの。ユウさんは正直に言った方がいいって言ってくれてたんだけど。私が、お母さんに良《い》いところ見せたくて」

「はいはい、わかってるわよ、あんたは昔から見栄《みえ》っ張りなんだから」

「うぐ……」

さすがに親の言葉というのは的確だ。

心配をかけたくないというのは裏を返せば見栄っ張りなだけだ。

だが、亜紀子は目を細める。

「でも、安心したわ」

「……………？」

どこに安心する要素があったのかと千春は思わず眉《まゆ》をひそめる。

「ほら、あんたって、自分で抱え込もうとするでしょ。これもそれも自分でやらなきゃ、みたいな……ご飯作りだってそうだったでしょ、無理しなくていいって言ったのに、やるって言い出して」

「うん……」

「でも、ユウさんのことは頼ったわけでしょ。それに、ユウさんのお店のことも」

そう言って、亜紀子はテーブルの上に並んだ料理を示す。

「ほら、おかげでこんなに美味《おい》しそう！　頼るっていいことよ。そうでしょう？」

あっけらかんと、笑う。

母のそういうところが、千春は好ましかった。

「……そうだね」

母を見ていると、つられて笑ってしまう。

ユウを見ると、彼も少し恥ずかしそうに微笑んでいた。そういえば、褒められているのは彼の料理なのだった。

「あの、ユウさん、時間あるんですよね？」

「え？　ええ」

「それなら、食べていきませんか？」

そうしてよ！　と亜紀子も誘う。

ユウは申し訳なさそうな、照れたような、そして嬉《うれ》しそうな表情を浮かべた。

テーブルは狭かったし、皿が足りなくて紙皿が出てきたりしたが、三人で囲む食卓は賑《にぎ》やかで、食事は当然のように美味しかった。

ユウの作ったくま弁の肉じゃがは、北海道らしくちょっと甘めの味付けだ。よく味の染みたじゃがいもに、とろける豚バラ肉が素晴らしいごはんのおかずになる。

空腹を覚えていた千春は、もりもりと食べる。

「美味しい！」

亜紀子が叫んだ。千春の心の声が出たようだった。千春自身は口にたっぷり豚バラが入っているせいで何も言えなかったが。

　ユウは恐縮しつつも嬉しそうだ。

「お口に合ってよかったです。当店の肉じゃがは豚肉なんですが、牛肉で作られるおうちも多いと思いますし」

「私も自分で作る時は牛肉よ～。でも、食べるならどっちも好き。この豚バラもこっくりした味つけでいいわねえ」

　そう言って、亜紀子は箸《はし》で豚の脂をまとったじゃがいもを取り上げ、口に入れた。

「お肉とお野菜合わせて炊くお料理って他にもあるじゃない？　ほら、豚の角煮に大根入れたり、白菜と豚肉のミルフィーユ鍋《なべ》とか……ああいうの大好き。中でも、このじゃがいもにね、お肉と煮汁の味が染みて、ちょっと表面が溶けかけてるみたいな、そんなのが一番好き」

　亜紀子が幸せそうに味わっているのを見て、千春は懐かしさを覚える。

　母はいつでも、美味しいものを食べるとこんなふうに微笑むのだ。

　実家にいたころは当たり前のことだった。今でも帰省すれば家族で食卓を囲むが、お盆休みは短かったのもあってわざわざ帰省しなかったから、お正月以来だろうか。

　こうして自分のマンションの部屋で母とユウと食卓を囲んでいるというのは、考えてみると不思議な感じがした。

「正直ねえ、心配だったの」

亜紀子がそう言い、千春と目を合わせた。

「転勤決まってから、千春ったら元気なかったもの。あら、勿論《もちろん》、北海道は素敵なところよ。でも、何しろ遠いし、全然知らない場所で暮らすことになるし、私は詳しく知らないけど仕事内容だって変わるんだろうし、やっぱり不安なのかなって思ってたのよ」

心配させてしまうのは千春としては心苦しいが、母親というのは本当によく見ているんだなと驚かされる。千春は就職してからは寮暮らしで、母ともそう頻繁に会っていたわけではなかったのだが。

「お母さん……」

「それで、札幌での生活ってどんなかしらって気になって、様子を見に来たの。お盆に帰ってこなかったしね。そしたら、ゴミ袋にお弁当の空き容器がいっぱいに詰まっていたのよ。最初はね、仕事が忙しいせいでそうするしかないのかなって思って、余計心配になっちゃった」

でも、違ったのねえと亜紀子はしみじみ言い、ユウを見やって、彼に頭を下げた。

「ありがとう、ユウさん」

「！」

ユウは驚いて椅子から立ち上がろうとして椅子を倒しそうになり、慌ててそれを摑《つか》み、亜紀子に言った。

「頭を上げてください、僕はそんな……」

「ううん、わかるのよ。この見栄っ張りの娘がね、ちゃんとユウさんのこと頼ったわけでしょ。赤ん坊の頃って、親を頼るしかないじゃない？　それが、成長していくにつれて、だんだん親を頼るのを嫌がるようになって、自分で歩くことを覚えていく。学校に行って、親の知らないところでいっぱい経験して、大人になって、独り立ちする。でも、結局一人じゃしんどいことってあると思うの。それを助けてくれる人が周りにいるのはすごく幸運なことよ。ねえ、だから、この子のそばにいてくれてありがとう」

そう言った亜紀子は、眉を寄せ、それまでよりは寂しそうに微笑んだ。

「ほら、私、もういつもそばにいられるわけじゃないものね」

親だけど、親だから。

子どもが独り立ちして、家を出て、それは喜ばしいことだが、母親としての亜紀子は寂しさも感じていたのだろう。

千春がお盆に帰省しなかったから来たと亜紀子は言っていた。お母さんたら大げさだな、なんて思ってしまった自分を千春は恥じた。独立した子を思う親としての亜紀子が、娘に遠慮とか、配慮とかをしつつも、これくらいはいいかな、と自分に許したのが、今回の札幌行きだったのだろう。

お正月は帰ろう。短くても、顔を見せるだけでも、きっと母なら喜んでくれる。

目が合って、千春は申し訳なさと、嬉しさが入り交じった表情で、母を見つめた。

亜紀子はちょっと恥ずかしそうだった。

「急に来ちゃって、今回はごめんね」

「いいよ、またいつでも来てね。私もお正月帰るし」

今になって気付いたが、千春とよく似た亜紀子の髪には、以前よりも白いものが目立つようになっていた。

重ねた年月を思う千春に、亜紀子は尋ねた。

「ねえ、ところで、あんたの作った料理は？　もう捨てたの？」

「え」

捨ててはいない。もったいなくて、一応タッパに入れて冷蔵庫の中だ。

……じんわり出ていた千春の涙が引っ込んだ。

「いや……食べるつもりならやめた方がいいよ？」

「何言ってるの、もったいないでしょ。どうせ焦がしたとかそんなところでしょ。いいわよ、食べてみたいから」

「………」

千春は冷蔵庫からタッパを取り出し、テーブルに置いた。

蓋《ふた》を開けて、亜紀子は意外そうな声を上げた。

「あら、美味しそうじゃないの……色がちょっと濃いかしら？」

ユウも一緒になって覗《のぞ》き込んでいる。千春は思わずさっとタッパをユウから遠ざけた。

「味付けがひどかったんで……ユウさんは絶対食べないでください」

「お母さんはいいのね？」

止める間もなく、亜紀子は箸で肉じゃがのじゃがいもを摘《つ》まんで口に放り込んだ。

「ん？　んん……」

眉間《みけん》に皺《しわ》を作って呻《うめ》き、さらに確認するように肉を摘まみ、またそれを口に運ぶ。

咀嚼《そしゃく》して、難しい顔で、亜紀子は言った。

「しょっぱいわね」

「……うん、そうだよね」

「僕も食べてみたいです……」

ユウのリクエストに応《こた》えるわけにはいかない。千春はタッパに蓋をした。

「しょうがないわねえ、こっちにいる間にお母さんが作り方教えてあげるわ」

「作り方はもう教えてもらってるよ」

「でも味付け全然駄目じゃない。調味料メモとかしてないんでしょ、メモして、作る時にちゃんと読み返して確認するの。誰かに作ってあげる時は特にそうよ」

亜紀子は器用にウィンクしてみせた。

そして、千春の耳に口を近づけ、そっと囁《ささや》く。

「未来の家族に作ってあげなさい」

そういう言い方をされると、千春はユウを意識してしまう。

自分たちの未来——。

様子を窺うと、ユウはまだ肉じゃがを諦《あきら》めきれず、そっと手を伸ばそうとしていた。

「ユウさん！」

まずいとわかっているものを食べさせたくない一心で、千春は叫ぶ。

ユウは渋々手を引っ込めた。盗み食いをとがめられた小学生のようだった。

亜紀子はそれを見て、楽しそうにけたけた笑っていた。

母は四日間たっぷり札幌とその近郊を堪能《たんのう》して帰って行った。

父にお土産がたくさんできたと言っていた——母の言う『土産』が札幌駅のデパ地下で買ったお菓子のことなのか、撮りためた写真のことなのか、はたまた娘に恋人が出来たという土産話のことなのか、千春は確認しなかった。

が、たぶん全部のことだろう。

窓の外では紅葉した街路樹の葉が雨に打たれて地面に落ちている。冷え込んできたから、雨がみぞれになる日も近いかもしれない。

十月ももう終わる。

千春は小さなじゃがいものかけらを箸《はし》で摘まんで口に入れた。

よく味が染みたじゃがいもは、くま弁のものより甘さ控えめで、あっさりしている。

豚肉と牛肉の違いもあるだろう。

千春は上機嫌で鼻歌を歌いながら、火を止めて、蓋をした。冷める間に味が染みこむと母は言っていた。

千春は洗面所で化粧をチェックして、髪をちょっと直した。

ユウが来るまであと三十分くらいある。

ユウが持ってきてくれるというきのこの炊き込みご飯が楽しみだ。十一月の新作おかずも試食させてくれると言っていた。

十一月と言えば何が旬だろう。

鱈《たら》は気が早いだろうか。カレイやワカサギ、ハタハタなんかも美味《おい》しそうだ。

露地野菜の出荷はそろそろ終わる季節だが、北海道には冬に美味しく食べられるかぼちゃもあるという。

ワカサギの唐揚げ、かぼちゃのそぼろ煮……いや、揚げ物ならホタテのフライもいいな。ふろふき大根もいい。この前母が作っていってくれた柚子味噌《ゆずみそ》をつけて食べてみたい。

未来を想像するのは楽しい。

こんなふうに近い未来も、もう少し、遠い未来のことも。

まだ口に出せるようなことでもないが、空想するだけなら誰にも迷惑はかけない。

転勤で札幌にやってきて、ほぼまる二年が経つ。

転勤の辞令を受けた時、三年と言われた。

三年目に自分がどういう決断をするのかなんて、まだわからない。

でも、わからないから楽しいし、いい未来を選び取れたらと思う。

直近の『未来』は、今日の晩ご飯だ。

想像していたら、口の中にはよだれが溢《あふ》れてくるし、おなかは空《す》いてくるしで、千春はもう一口だけ、と言い訳して、鍋《なべ》の蓋を開けた。

あまじょっぱい匂いが立ち上って、ふんわり顔を包み込んだ。

本書は書き下ろしです。
この作品はフィクションです。実在の人物、団体等とは一切関係ありません。

弁《べん》当《とう》屋《や》さんのおもてなし

ほっこり肉《にく》じゃがと母《はは》の味《あじ》

喜《き》多《た》みどり

平成30年 5月25日　初版発行
令和5年 12月15日　13版発行

発行者●山下直久

発行●株式会社KADOKAWA
〒102-8177　東京都千代田区富士見2-13-3
電話　0570-002-301(ナビダイヤル)

角川文庫 20947

印刷所●株式会社KADOKAWA
製本所●株式会社KADOKAWA

表紙画●和田三造

●お問い合わせ
https://www.kadokawa.co.jp/（「お問い合わせ」へお進みください）
※内容によっては、お答えできない場合があります。
※サポートは日本国内のみとさせていただきます。
※Japanese text only

ISBN978-4-04-106885-4　C0193

◆◇◇

角川文庫発刊に際して

角川源義

第二次世界大戦の敗北は、軍事力の敗北であった以上に、私たちの若い文化力の敗退であった。私たちの文化が戦争に対して如何に無力であり、単なるあだ花に過ぎなかったかを、私たちは身を以て体験し痛感した。西洋近代文化の摂取にとって、明治以後八十年の歳月は決して短かすぎたとは言えない。にもかかわらず、近代文化の伝統を確立し、自由な批判と柔軟な良識に富む文化層として自らを形成することに私たちは失敗して来た。そしてこれは、各層への文化の普及滲透を任務とする出版人の責任でもあった。

一九四五年以来、私たちは再び振出しに戻り、第一歩から踏み出すことを余儀なくされた。これは大きな不幸ではあるが、反面、これまでの混沌・未熟・歪曲の中にあった我が国の文化に秩序と確たる基礎を齎らすためには絶好の機会でもある。角川書店は、このような祖国の文化的危機にあたり、微力をも顧みず再建の礎石たるべき抱負と決意とをもって出発したが、ここに創立以来の念願を果すべく角川文庫を発刊する。これまで刊行されたあらゆる全集叢書文庫類の長所と短所とを検討し、古今東西の不朽の典籍を、良心的編集のもとに、廉価に、そして書架にふさわしい美本として、多くのひとびとに提供しようとする。しかし私たちは徒らに百科全書的な知識のジレッタントを作ることを目的とせず、あくまで祖国の文化に秩序と再建への道を示し、この文庫を角川書店の栄ある事業として、今後永久に継続発展せしめ、学芸と教養との殿堂として大成せんことを期したい。多くの読書子の愛情ある忠言と支持とによって、この希望と抱負とを完遂せしめられんことを願う。

一九四九年五月三日

ISBN 978-4-04-105579-3

弁当屋さんのおもてなし

海薫るホッケフライと思い出ソース

喜多みどり

あなたの食べたい物はきっとここにある。

北海道・札幌市の路地裏に佇む『くま弁』。願いを叶えるお弁当の作り手・ユウの優しさに触れた千春はもっと彼に近づきたいと思いつつ、客と店員の関係から一歩を踏み出せずにいた。そんな時、悩み相談で人気の占い師がくま弁を訪れる。彼女はユウの作る「魔法のお弁当」で霊感を回復させたいらしい。思い出のお弁当を再現しようとするユウと千春だが……？　あなたの食べたいものがきっと見つかる、北のお弁当ものがたり第2弾！

角川文庫のキャラクター文芸

ISBN 978-4-04-106146-6

ISBN 978-4-04-103491-0

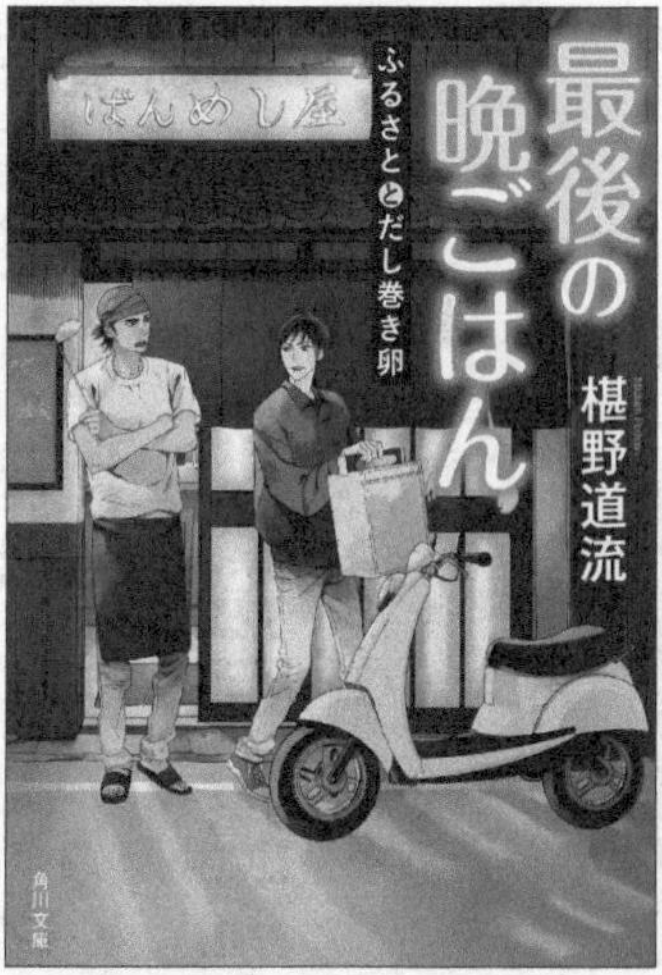

最後の晩ごはん

ふるさととだし巻き卵

椹野道流

泣いて笑って癒される、小さな店の物語

若手イケメン俳優の五十嵐《いがらし》海里《かいり》は、ねつ造スキャンダルで活動休止に追い込まれてしまう。全てを失い、郷里の神戸に戻るが、家族の助けも借りられず……。行くあてもなく絶望する中、彼は定食屋の夏神《なつがみ》留二《りゅうじ》に拾われる。夏神の定食屋「ばんめし屋」は、夜に開店し、始発が走る頃に閉店する不思議議な店。そこで働くことになった海里だが、とんでもない客が現れて……。幽霊すらも常連客!? 美味しく切なくほっこりと、「ばんめし屋」開店！

角川文庫のキャラクター文芸

ISBN 978-4-04-102056-2

最後の晩ごはん

海の花火とかき氷

椹野道流

海里に迫る危機!! そのときロイドは……!?

兵庫県芦屋市。元俳優の海里《かいり》の職場は、夜だけ営業の定食屋「ばんめし屋」。人間だけではなく幽霊も常連客という不思議な店で、それなりに楽しく働いている海里だが、近頃気になる事があった。誰かの気配と視線を感じるのだ。気のせいと割り切って、後輩の李英《りえい》と芝居を観《み》に行った帰り、海里は「シネ」という言葉とともに突き飛ばされる。その犯人は、視線の主でもある「重い女」の幽霊、フミで……。癒し系お料理青春小説第9弾！

角川文庫のキャラクター文芸

ISBN 978-4-04-106254-8

黒猫王子の喫茶店

お客様は猫様です

高橋由太

猫と人が紡ぐ、やさしい出会いの物語

就職難にあえぐ崖っぷち女子の胡桃。やっと見つけた職場は美しい西欧風の喫茶店だった。店長はなぜか着物姿の青年。不機嫌そうな美貌に見た目通りの口の悪さ。問題は彼が猫であること⁉　いわく、猫は人の姿になることができ、彼らを相手に店を始めるという。胡桃の頭は痛い。だが猫はとても心やさしい生き物で。胡桃は猫の揉め事に関わっては、毎度お人好しぶりを発揮することに。小江戸川越、猫町事件帖始まります！

角川文庫のキャラクター文芸

ISBN 978-4-04-105578-6

懐かしい食堂あります

谷村さんちは大家族

似鳥航一

このあたたかい家族に涙してください

東京は下町。昭和の雰囲気が残る三ノ輪に、評判の食堂がある。そこはいま大騒動の最中だった。隠し子騒動で三代目の長男が失踪。五人兄弟の次男、柊一が急きょ店を継ぐことになったのだ。近所でも器量よしと評判の兄弟だが、中身は別。家族の危機にてんやわんやの大騒ぎ。だが柊一の料理が大事なものを思いださせてくれる。それは、家族の絆。ときに涙し、ときに笑う。おいしくて、あったかい。そんな、懐かしい食堂あります。

角川文庫のキャラクター文芸

ISBN 978-4-04-105059-0

深海カフェ 海底二万哩《マイル》

蒼月海里

「幽落町」シリーズの著者、新シリーズ！

僕、来栖倫太郎《くるすりんたろう》には大切な思い出がある。それは7年も前から行方がわからない大好きな“大空《おおぞら》兄ちゃん”のこと。でも兄ちゃんは見つからないまま、小学生だった僕はもう高校生になってしまった。そんなある日、僕は池袋のサンシャイン水族館で、展示通路に謎の扉を発見する。好奇心にかられて中へ足を踏み入れると、そこはまるで潜水艦のような不思議なカフェ。しかも店主の深海《ふかみ》は、なぜか大空兄ちゃんとソックリで……!?

ISBN 978-4-04-103568-9

深海カフェ海底二万哩《マイル》3

蒼月海里

その“扉”はあなたにだけ、見える!?

サンシャイン水族館の回廊傍の扉を開くとそこは“深海カフェ”。“心の海”に宝物を落としてしまった人だけにその入り口は見えるという。誰にでも意見を合わせ何も決められなくなった女性や、誰かの宝物を食べてしまったデメニギスが客として現れる。彼らの宝物を僕、来栖倫太郎《くるすりんたろう》は店主の深海《ふかみ》やメンダコのセバスチャンと一緒に探すのだ。でもある日、うっかり“心の海”に墜ちて行ってしまった僕。そこで出会ったのは?

角川文庫のキャラクター文芸

ISBN 978-4-04-105485-7